Marie-Claire

Du même auteur aux Éditions Grasset :

L'Atelier de Marie-Claire

MARGUERITE
AUDOUX

Marie-Claire

Bernard Grasset
Paris

Marguerite Audoux / Marie-Claire

La vie de Marguerite Audoux se confond avec son œuvre, au point que l'on est tenté de conseiller au lecteur curieux d'artistes autant que d'art de lire simplement celle-ci pour découvrir celle-là.

Disons les choses prosaïquement et laissons la poésie à Marguerite Audoux : Marie-Claire *raconte l'histoire d'une petite bergère solognote, à la fin du Second Empire et au début de la III*^e^ *République; et* l'Atelier de Marie-Claire *retrace la vie d'une couturière en chambre, menacée de cécité, dans un Paris qui se prépare pour la prétendue Belle Epoque. Marguerite Audoux fut cette bergère puis cette couturière. Elle fut aussi – et elle demeure – l'écrivain magistral qui, par la force du travail autant que par la vertu de l'inspiration, sut trouver un ton sans précédent, et qui reste unique, pour parler de l'enfance, de la solitude, de la misère et du malheur. Avec elle, les petites gens des villes et des campagnes, au tournant du siècle, possèdent un poète majeur.*

Née à Sancoins dans le Berry, en 1863, Marguerite Audoux se nommait, en réalité, Don Quichotte, patronyme attribué, par un employé facétieux de l'Assistance publique, à son père qui était un enfant trouvé. Marguerite n'a que trois ans quand sa mère meurt de tuberculose. Quelques mois plus tard, son père s'enfuit, accablé de chagrin et d'alcool, abandonnant Marguerite et sa sœur aînée, Madeleine. Elles ne le reverront jamais.

Les deux fillettes sont alors placées dans un orphelinat religieux, l'Hôpital général de Bourges, où Marguerite s'aperçoit que la méchanceté des enfants ne le cède en rien à celle des adultes. « Ta maman était poitrinaire et sœur Gabrielle a dit que tu mourrais bientôt », lui lance une autre orpheline. Commentaire de Marguerite : « Quand je sus que je mourrais bientôt, je repris courage. » Cette simple phrase recèle tout le secret de son art.

En 1877, à moins de quatorze ans et alors qu'elle en paraît à peine dix, Marguerite est « louée » en qualité de bergère à un fermier de Sainte-Montaine, dans le Cher. Mais à quoi bon résumer platement la trame de Marie-Claire *quand le texte original se trouve là, à notre portée, dans son éclatante beauté ? Parlons plutôt de la genèse du manuscrit.*

Un jour, Marguerite, qui a dépassé la quarantaine, fait la connaissance, au bureau de poste, du jeune homme préposé aux colis en souffrance. Il s'appelle Michel Yell et veut devenir écrivain. Son meilleur ami, Charles-Louis Philippe – le futur auteur de Bubu de Montparnasse *– est, quant à lui, préposé au métrage des terrasses de café pour le compte de la Ville de Paris. Mais il a déjà publié. L'amour de la littérature unit ces garçons pauvres à des garçons riches : Léon-Paul Fargue, Valery Larbaud. Et voilà la couturière embarquée, par la grâce de sa gaieté et de son franc-parler, dans un groupe de poètes de beaucoup ses cadets. « J'ai mes vingt ans un peu plus tard que les autres », dit-elle en riant. On se réunit chez elle.*

C'est là que, fouillant dans le tiroir de sa machine à coudre, Michel Yell découvre, un beau soir, des cahiers d'écolière couverts d'une écriture élégante : Marguerite écrit en cachette et depuis longtemps. C'est l'ébauche de Marie-Claire. *Eblouis par ce qu'ils lisent, Yell et Philippe encouragent leur amie à lui donner une forme plus élaborée. Ce travail lui prendra des années : proie de crises d'ophtalmie qui la laissent parfois aveugle pendant plusieurs jours, Marguerite écrit la joue contre une lampe et l'œil au-dessus d'une loupe.*

En 1910, enfin, le roman est prêt. Ceux du petit groupe le tiennent pour un déconcertant chef-d'œuvre. Ils ne savent trop qu'en faire mais ils doivent agir : Philippe, le plus ardent d'entre eux, vient d'être emporté par la fièvre typhoïde, à trente-cinq ans, et Marguerite, désespérée, est en outre au bord de la misère. Francis Jourdain porte alors le manuscrit à Octave Mirbeau, qui fait la pluie et le beau temps dans la République des Lettres. Celui-ci s'enflamme. Il l'impose à la Grande Revue, *en feuilleton, et chez Fasquelle, en volume. Il se bat pour lui faire obtenir le Goncourt. Les académiciens répugnant à couronner une femme,* Marie-Claire *obtient le prix Femina. Soixante-quinze mille exemplaires en sont aussitôt vendus et les droits de traduction acquis par sept pays. D'un seul coup, Marguerite Audoux devient célèbre et sort de la gêne. Aux journalistes, aux éditeurs qui lui réclament d'autres textes, elle répond : « Mais ce n'est pas mon métier. Je n'ai écrit ce livre que pour tromper ma solitude. Mon métier, c'est de coudre des corsages. »*

Au-delà du conte de fées un peu niais, le cas de Marguerite Audoux pose un problème bien intéressant : celui du talent hors de la vocation. Il semble, en effet, qu'un être humain puisse posséder un don artistique – et quel don ! – sans éprouver forcément l'irrésistible envie d'en faire part au monde et d'en tirer profit, au sens large du terme. Si elle n'avait pas rencontré, par hasard, le poète-postier Yell et le poète-métreur

Philippe, Marguerite Audoux aurait sans doute écrit Marie-Claire – *elle avait commencé depuis longtemps ; elle n'aurait peut-être pas osé, ni même songé, à déposer son manuscrit chez un éditeur. Combien de chefs-d'œuvre inconnus sommeillent encore dans les tiroirs de machines à coudre ?*

D'ailleurs, elle ne chercha nullement à exploiter le « miracle ». L'émotion médiatique apaisée, elle reprit avec soulagement sa vie simple et discrète, continuant à écrire, sous sa lampe, avec sa loupe, pour tromper sa solitude. Elle mettra dix ans à composer l'Atelier de Marie-Claire *qui paraîtra en 1920.*

Préface

Francis Jourdain, un soir, me confia la vie douloureuse d'une femme dont il était le grand ami.

Couturière, toujours malade, très pauvre, quelquefois sans pain, elle s'appelait Marguerite Audoux. Malgré tout son courage, ne pouvant plus travailler, ni lire, car elle souffrait cruellement des yeux, elle écrivait.

Elle écrivait non avec l'espoir de publier ses œuvres, mais pour ne point trop penser à sa misère, pour amuser sa solitude, et comme pour lui tenir compagnie, et aussi, je pense, parce qu'elle aimait écrire.

Il connaissait d'elle une œuvre, Marie-Claire, *qui lui paraissait très belle. Il me demanda de la lire. J'aime le goût de Francis Jourdain, et j'en fais grand cas. Sa tournure d'esprit, sa sensibilité me contentent infiniment... En me remettant le manuscrit, il ajouta :*

— Notre cher Philippe admirait beaucoup ça... Il eût bien voulu que ce livre fût publié. Mais que pouvait-il pour les autres, lui qui ne pouvait rien pour lui ?...

Je suis convaincu que les bons livres ont une puissance indestructible... De si loin qu'ils arrivent, ou si enfouis qu'ils soient dans les misères ignorées, d'une maison d'ouvrier, ils se révèlent toujours... Certes, on les déteste... On les nie et on les insulte... Qu'est-ce que cela fait ? Ils sont plus forts que tout et que tout le monde.

Et la preuve c'est que Marie-Claire *paraît, aujourd'hui, en volume, chez Fasquelle.*

Il m'est doux de parler de ce livre admirable, et je voudrais, dans la foi de mon âme, y intéresser tous ceux qui aiment encore la lecture. Comme moi-même, ils y goûteront des joies rares, ils y sentiront une émotion nouvelle et très forte.

Marie-Claire *est une œuvre d'un grand goût. Sa simplicité, sa vérité, son élégance d'esprit, sa profondeur, sa nouveauté sont impressionnantes. Tout y est à sa place, les choses, les paysages, les gens. Ils sont marqués, dessinés d'un trait, du trait qu'il faut pour les rendre vivants et inoubliables. On n'en souhaite jamais un autre, tant celui-ci est juste, pittoresque, coloré, à son plan. Ce qui nous étonne surtout, ce qui nous subjugue, c'est la force de l'action intérieure, et c'est toute la lumière douce et chantante qui se lève sur ce livre, comme le soleil sur un beau matin d'été. Et l'on sent bien souvent passer la phrase des grands écrivains : un son que nous n'entendons plus, presque jamais plus, et où notre esprit s'émerveille.*

Et voilà le miracle :

Marguerite Audoux n'était pas une « déclassée intellectuelle », c'était bien la petite couturière qui, tantôt, fait des journées bourgeoises, *pour gagner trois francs, tantôt travaille chez elle, dans une chambre si exiguë qu'il faut déplacer le mannequin pour atteindre la machine à coudre.*

Elle a raconté comment, lorsque en sa jeunesse elle gardait les moutons dans une ferme de la Sologne, la découverte, dans un grenier, d'un vieux bouquin lui révéla le monde des histoires. Depuis ce jour-là, avec une passion grandissante, elle lut tout ce qui lui tombait sous la main, feuilletons, vieux almanachs, etc. Et elle fut prise du désir vague, informulé, d'écrire un jour, elle aussi, des histoires. Et ce désir se réalisa, le jour où le médecin, consulté à l'Hôtel-Dieu, lui interdit de coudre, sous peine de devenir aveugle.

Des journalistes ont imaginé que Marguerite Audoux s'écria alors : « Puisque je ne peux plus coudre un corsage, je vais faire un livre. »

Cette légende, capable de satisfaire, à la fois, le goût qu'ont les bourgeois pour l'extraordinaire et le mépris qu'ils ont de la littérature, est fausse et absurde.

Chez l'auteur de Marie-Claire, *le goût de la littérature n'est pas distinct de la curiosité supérieure de la vie, et ce qu'elle s'amusa à noter, ce fut, tout simplement, le spectacle de la vie quotidienne, mais encore plus ce qu'elle imaginait, ce qu'elle devinait de l'existence des gens rencontrés. Déjà, ses dons d'intuition égalaient ses facultés d'observation... Elle ne parlait jamais à quiconque de cette « manie » de griffonner, et brûlait ses bouts de papier, qu'elle croyait ne pouvoir intéresser personne.*

Il fallut que le hasard la conduisît dans un milieu où fréquentaient quelques jeunes artistes, pour qu'elle se rendît compte combien les séduisait, combien les empoignait son don du récit. Charles-Louis Philippe l'encouragea particulièrement, mais jamais il ne lui donna de conseils. Adressés à une femme dont la sensibilité était si éduquée déjà, la volonté si arrêtée, le tempérament si affirmé, il les sentait encore plus inutiles que dangereux.

A notre époque, tous les gens cultivés, et ceux qui croient l'être, se soucient fort de retour à la tradition et parlent de s'imposer une forte discipline... *N'est-il pas délicieux que ce soit une ouvrière, ignorant l'orthographe, qui retrouve, ou plutôt qui invente ces grandes qualités de sobriété, de goût, d'évocation, auxquelles l'expérience et la volonté n'arrivent jamais seules ?*

La volonté, d'ailleurs, ne fait pas défaut à Marguerite Audoux, et quant à l'expérience, ce qui lui en tient lieu, c'est ce sens inné de la langue qui lui permet non pas d'écrire comme une somnambule, mais de travailler sa phrase, de l'équilibrer, de la simplifier, en vue d'un rythme dont elle n'a pas appris à connaître les lois, mais dont elle a, dans son sûr génie, une merveilleuse et mystérieuse conscience.

Elle est douée d'imagination, mais entendons-nous, d'une imagination noble, ardente et magnifique, qui n'est pas celle des jeunes femmes qui rêvent et des romanciers qui combinent. Elle n'est ni à côté ni au-delà de la vie ; elle semble seulement prolonger les faits observés, et les rendre plus clairs. Si j'étais critique, ou, à Dieu ne plaise, psychologue, j'appellerais cette imagination une imagination déductive. Mais je ne me hasarde pas sur ce terrain périlleux.

Lisez Marie-Claire... *Et quand vous l'aurez lue, sans vouloir blesser personne, vous vous demanderez quel est parmi nos écrivains – et je parle des plus glorieux – celui qui eût pu écrire un tel livre, avec cette mesure impeccable, cette pureté et cette grandeur rayonnantes.*

OCTAVE MIRBEAU.

Première partie

Un jour, il vint beaucoup de monde chez nous. Les hommes entraient comme dans une église, et les femmes faisaient le signe de la croix en sortant.

Je me glissai dans la chambre de mes parents, et je fus bien étonnée de voir que ma mère avait une grande bougie allumée près de son lit. Mon père se penchait sur le pied du lit, pour regarder ma mère, qui dormait les mains croisées sur sa poitrine.

Notre voisine, la mère Colas, nous garda tout le jour chez elle. A toutes les femmes qui sortaient de chez nous, elle disait :

— Vous savez, elle n'a pas voulu embrasser ses enfants.

Les femmes se mouchaient en nous regardant, et la mère Colas ajoutait :

— Ces maladies-là, ça rend méchant.

Les jours qui suivirent, nous avions des robes à larges carreaux blancs et noirs.

La mère Colas nous donnait à manger et nous envoyait jouer dans les champs. Ma sœur, qui était déjà grande, s'enfonçait dans les haies, grimpait aux arbres, fouillait dans les mares et revenait le soir les poches pleines de bêtes de toutes sortes qui me faisaient peur et mettaient la mère Colas bien en colère.

J'avais surtout une grande répugnance pour les vers

de terre. Cette chose rouge et élastique me causait une horreur sans nom, et s'il m'arrivait d'en écraser un par mégarde, j'en ressentais de longs frissons de dégoût. Les jours où je souffrais de points de côté, la mère Colas défendait à ma sœur de s'éloigner. Mais ma sœur s'ennuyait et voulait quand même m'emmener. Alors, elle ramassait des vers, qu'elle laissait grouiller dans ses mains, en les approchant de ma figure. Aussitôt, je disais que je n'avais plus mal, et je me laissais traîner dans les champs.

Une fois, elle m'en jeta une grosse poignée sur ma robe. Je reculai si précipitamment que je tombai dans un chaudron d'eau chaude. La mère Colas se lamentait en me déshabillant. Je n'avais pas grand mal; elle promit une bonne fessée à ma sœur, et comme les ramoneurs passaient devant chez nous, elle les appela pour l'emmener.

Ils entrèrent tous les trois avec leurs sacs et leurs cordes; ma sœur criait et demandait pardon, et moi j'avais bien honte d'être toute nue.

Mon père nous emmenait souvent dans un endroit où il y avait des hommes qui buvaient du vin ; il me mettait debout entre les verres, pour me faire chanter la complainte de Geneviève de Brabant. Tous ces hommes riaient, m'embrassaient, et voulaient me faire boire du vin.

Il faisait toujours nuit quand nous revenions chez nous. Mon père faisait de grands pas en se balançant ; il manquait souvent de tomber ; parfois, il se mettait à pleurer tout haut en disant qu'on avait changé sa maison. Alors, ma sœur poussait des cris, et, malgré la nuit, c'était toujours elle qui finissait par retrouver notre maison.

Il arriva un matin que la mère Colas nous accabla de reproches, disant que nous étions des enfants de malheur, qu'elle ne nous donnerait plus à manger, et que nous pouvions bien aller retrouver notre père, qui était parti on ne savait où. Quand sa colère fut passée, elle nous donna à manger comme d'habitude ; mais, quelques instants après, elle nous fit monter dans la carriole du père Chicon. La carriole était pleine de paille et de sacs de grains. J'étais placée derrière, dans une sorte de niche, entre les sacs ; la voiture penchait en arrière et chaque secousse me faisait glisser sur la paille.

J'eus une très grande peur tout le long de la route ; à

chaque glissade, je croyais que la carriole allait me perdre, ou bien que les sacs allaient s'écrouler sur moi.

On s'arrêta devant une auberge. Une femme nous fit descendre, secoua la paille de nos robes, et nous fit boire du lait. Tout en nous caressant, elle disait au père Chicon :

— Alors, vous pensez que leur père les voudra ?

Le père Chicon branla la tête en cognant sa pipe contre la table ; il fit une grimace avec sa grosse lèvre et il répondit :

— Il est peut-être parti encore plus loin. Le fils à Girard m'a dit qu'il l'avait rencontré sur la route de Paris.

Le père Chicon nous mena ensuite dans une belle maison, où il y avait un perron avec beaucoup de marches.

Il causa longtemps avec un monsieur qui faisait de grands gestes et qui parlait de tour de France. Le monsieur mit sa main sur ma tête, et il répéta plusieurs fois :

— Il ne m'avait pas dit qu'il avait des enfants.

Je compris qu'il parlait de mon père, et je demandai à le voir. Le monsieur me regarda sans répondre, puis il demanda au père Chicon :

— Quel âge a donc celle-ci ?

— Dans les cinq ans, dit le vieux.

Pendant ce temps, ma sœur jouait sur les marches avec un petit chat.

La carriole nous ramena chez la mère Colas, qui nous reçut en bougonnant et en nous bousculant ; quelque jours après, elle nous fit monter en chemin de fer, et le soir même nous étions dans une grande maison où il y avait beaucoup de petites filles.

Sœur Gabrielle nous sépara tout de suite. Elle dit que ma sœur était assez grande pour aller aux moyennes, tandis que moi je resterais aux petites.

Sœur Gabrielle était toute petite, vieille, maigre, et courbée ; elle dirigeait le dortoir et le réfectoire. Au dortoir, elle passait un bras sec et dur entre notre chemise et le drap, pour s'assurer de notre propreté, et elle fouettait à heure fixe, et avec des verges, celles dont les draps étaient humides.

Au réfectoire, elle faisait la salade dans une immense terrine jaune.

Les manches retroussées jusqu'aux épaules, elle plongeait et replongeait dans la salade ses deux bras noirs et noueux, qui sortaient de là tout luisants et gouttelants, et qui me faisaient penser à des branches mortes, les jours de pluie.

J'eus tout de suite une amie.

Je la vis venir vers moi en se dandinant, l'air effronté.

Elle n'était guère plus haute que le banc sur lequel j'étais assise. Elle appuya ses coudes sans façon sur moi, et elle me dit :

— Pourquoi ne joues-tu pas ?

Je répondis que j'avais mal au côté.

— Ah ! oui, reprit-elle ; ta maman était poitrinaire, et sœur Gabrielle a dit que tu mourrais bientôt.

Elle grimpa sur le banc, s'assit en faisant disparaître sous elle ses petites jambes ; puis elle me demanda mon nom, mon âge, m'apprit qu'elle s'appelait Ismérie, qu'elle était plus vieille que moi, et que le médecin disait qu'elle ne grandirait jamais. Elle m'apprit aussi que la maîtresse de classe s'appelait sœur Marie-Aimée, qu'elle était très méchante et punissait sévèrement les bavardes.

Elle sauta tout d'un coup sur ses pieds en criant :

Augustine !

Sa voix était comme celle d'un garçon, et ses jambes étaient un peu tordues.

A la fin de la récréation, je l'aperçus sur le dos d'Augustine, qui la balançait d'une épaule sur l'autre, comme pour la jeter à terre. En passant devant moi, elle me cria de sa grosse voix :

— Tu me porteras aussi, dis ?

Je fis bientôt la connaissance d'Augustine.

Un mal d'yeux que j'avais s'aggrava. La nuit, mes paupières se collaient l'une contre l'autre, de sorte que j'étais complètement aveugle, jusqu'à ce qu'on me les eût baignées. Ce fut elle qui fut chargée de me conduire à l'infirmerie. Tous les matins, elle venait me prendre au petit dortoir. Je l'entendais venir depuis la porte. Ce n'était pas long ; elle me saisissait la main, et m'entraînait du même pas qu'elle était venue, sans s'occuper si je me cognais aux lits.

Nous traversions les couloirs comme le vent, et descendions les deux étages comme une avalanche ; mes pieds rencontraient une marche de temps en temps ; je descendais comme on tombe dans le vide ; Augustine avait une main ferme qui me tenait solidement.

Pour aller à l'infirmerie, il fallait passer derrière la chapelle, puis devant une petite maison toute blanche ; là, on redoublait de vitesse.

Un jour que, n'en pouvant plus, j'étais tombée sur les genoux, elle me releva avec une tape sur la tête, en disant :

— Dépêche-toi donc, on est devant la maison des morts.

Tous les jours ensuite, dans la crainte que je tombe, elle m'avertissait quand nous étions devant la maison des morts.

J'avais surtout peur de la peur d'Augustine. Puisqu'elle courait si fort, c'est qu'il y avait du danger. J'arrivais à l'infirmerie en nage et sans souffle; quelqu'un me poussait sur une petite chaise, et mon point de côté était passé depuis longtemps quand on venait me laver les yeux.

Ce fut encore Augustine qui me conduisit dans la classe de sœur Marie-Aimée. Elle prit une voix timide pour dire :

— Ma sœur, voilà la nouvelle.

Je m'attendais à une rebuffade, mais sœur Marie-Aimée me sourit, m'embrassa plusieurs fois, et dit :

— Tu es trop petite pour être sur un banc. Je vais te mettre ici.

Et elle me fit asseoir sur un petit banc, dans le creux de son pupitre.

Comme il y faisait bon dans ce creux de pupitre ! Comme la chaleur des jupes de laine caressait mon corps tout meurtri par les escaliers de bois et de pierre !

Souvent deux pieds se posaient de chaque côté de mon petit banc et je me trouvais étroitement enclavée entre deux jambes nerveuses et chaudes. Une main tâtonnante m'appuyait la tête sur les jupes entre les genoux, et sous cette main douce, et sur cet oreiller chaud, je m'endormais.

Quand je m'éveillais, l'oreiller se transformait en table. La même main y déposait des débris de gâteaux, de menus morceaux de sucre, et quelques bonbons.

Autour de moi, j'entendais vivre le monde.

Une voix pleurait :

— Non, ma sœur, ce n'est pas moi.

Des voix criardes disaient :

— Si, ma sœur, c'est elle.

Au-dessus de ma tête, une voix pleine et chaude imposait silence, en s'accompagnant de coups de règle sur le pupitre, qui résonnaient et faisaient dans mon creux un bruit énorme.

Parfois, il se faisait un grand mouvement. Les pieds se retiraient de mon petit banc, les genoux se rapprochaient, la chaise remuait, et je voyais se pencher vers mon nid une guimpe blanche, un menton mince, des dents fines et pointues, et enfin deux yeux caressants qui m'apportaient la confiance.

Aussitôt que mon mal d'yeux fut guéri, un alphabet s'ajouta aux friandises. C'était un petit livre où il y avait des images à côté des mots. Je regardais souvent une grosse fraise que j'imaginais au moins aussi grosse qu'une brioche.

Quand il ne fit plus froid dans la classe, sœur Marie-Aimée me plaça sur un banc entre Isméric et Marie Renaud, qui étaient mes voisines de lit. De temps en temps, elle me permettait de revenir à mon cher creux, où je trouvais des livres avec des histoires qui me faisaient oublier l'heure.

Un matin, Isméric m'entraîna en grand mystère pour m'apprendre que sœur Marie-Aimée ne ferait plus la classe, parce qu'elle allait prendre la place de sœur Gabrielle pour le dortoir et le réfectoire. Elle ne me dit pas où elle avait appris cela, mais elle en était toute chagrinée.

Elle aimait beaucoup sœur Gabrielle, qui la traitait toujours comme un petit enfant; mais elle n'aimait pas cette sœur Aimée, ainsi qu'elle l'appelait avec un air de mépris, quand elle savait n'être entendue que de nous.

Elle disait aussi que sœur Marie-Aimée ne lui permettrait pas de nous grimper sur le dos, et qu'on ne pourrait pas se moquer d'elle comme de sœur Gabrielle, qui montait les marches tout de travers.

Le soir, après la prière, sœur Gabrielle nous annonça son départ. Elle nous embrassa toutes, en commençant par les plus petites. La montée au dortoir se fit en grand désordre : les grandes chuchotaient et se révoltaient à l'avance contre cette sœur Marie-Aimée; les petites pleurnichaient comme à l'approche d'un danger.

Ismérie, que je portais sur mon dos, pleurait bruyamment; ses petits doigts m'étranglaient un peu, et ses larmes me tombaient dans le cou.

Personne ne pensait à rire de sœur Gabrielle, qui montait péniblement en disant : « Chut ! chut ! » sans se lasser, et sans que le bruit diminuât. La bonne du petit dortoir pleurait aussi : elle me secoua un peu en me déshabillant; elle disait :

— Je suis sûre que tu es contente, toi, d'avoir ta sœur Marie-Aimée.

Nous l'appelions Bonne Esther.

Des trois bonnes que nous avions, c'était elle que je préférais. Elle était un peu bourrue, mais elle nous aimait bien.

La nuit, elle réveillait celles qui avaient de mauvaises habitudes, afin de leur épargner les verges du lendemain. Quand je toussais, elle se levait et à tâtons me fourrait dans la bouche un morceau de sucre mouillé. Bien des fois aussi, elle m'avait emportée de mon lit, où j'étais glacée, pour me réchauffer dans le sien.

Le lendemain, on entra en grand silence au réfectoire. Les bonnes nous ordonnèrent de rester debout; plusieurs grandes se tenaient très droites avec un air fier; Bonne Justine restait humble et triste au bout de la table, tandis que Bonne Néron, qui avait l'air d'un gendarme, faisait les cent pas au milieu du réfectoire.

Elle regardait souvent la pendule en haussant dédaigneusement les épaules.

Sœur Marie-Aimée entra en laissant la porte ouverte derrière elle; elle me parut plus grande avec son tablier blanc et ses manches blanches. Elle marchait lentement en regardant tout le monde, le chapelet qui pendait à son côté faisait entendre un petit bruit, et sa jupe se balançait un peu dans le bas. Elle monta les trois marches de son estrade, et nous fit asseoir d'un geste de la main.

L'après-midi, elle nous mena dans la campagne.

Il faisait très chaud. J'allai m'asseoir près d'elle, sur une hauteur; elle lisait un livre en surveillant d'un coup d'œil les petites filles, qui jouaient dans un champ au-dessous de nous. Elle regarda longtemps le soleil couchant en disant à chaque instant :

— Que c'est beau ! que c'est beau !...

Le soir même, les verges disparurent du petit dortoir, et au réfectoire la salade fut retournée avec de longues spatules. A part cela, rien ne fut changé. Nous allions en classe de neuf heures à midi, et l'après-midi nous épluchions des noix pour un marchand d'huiles.

Les plus grandes les cassaient avec un marteau, et les plus petites les séparaient des coquilles. Il était bien défendu d'en manger, et surtout ce n'était pas facile : il s'en trouvait toujours une pour vous dénoncer, par jalousie de gourmandise.

C'était Bonne Esther qui nous regardait dans la bouche. Quelquefois, elle s'attardait à une incorrigible gourmande. Alors, elle lui faisait les gros yeux, puis elle lui disait en la renvoyant d'une taloche :

— J'ai l'œil sur toi.

Nous étions quelques-unes en qui elle avait grande confiance. Elle nous faisait pivoter en faisant semblant de nous regarder, et elle disait en riant :

— Ferme ton bec.

J'avais souvent envie d'en manger, mais les bons yeux de Bonne Esther passaient devant moi, et je rougissais à l'idée de tromper sa confiance.

A la longue, l'envie devint si forte que je ne pensais plus qu'à cela : pendant des jours et des jours, je cherchai le moyen d'en manger sans me faire prendre. J'essayai d'en cacher dans mes manches, mais j'étais si maladroite que je les perdais aussitôt ; et puis, j'avais envie d'en manger beaucoup, beaucoup. Il me semblait que j'en aurais mangé un plein sac.

Un jour, enfin, je trouvai l'occasion. Bonne Esther, qui nous menait coucher, glissa sur une coquille, et lâcha sa lanterne, qui s'éteignit. Comme je me trouvais à côté d'une bassine pleine, j'en pris une grosse poignée, que je fourrai dans ma poche.

Aussitôt que tout le monde fut couché, je sortis les noix de ma poche, et, la tête sous les draps, j'en pris ma pleine bouche ; mais aussitôt il me sembla que tout le dortoir entendait le bruit que faisaient mes mâchoires ; j'avais beau croquer doucement et lentement, le bruit cognait dans mes oreilles, comme des coups de maillet. Bonne Esther se leva : elle alluma la lampe, regarda sous les lits en se baissant.

Quand elle fut près de moi, je la regardai épouvantée. Elle dit tout bas :

— Tu ne dors donc pas ?

Puis elle continua ses recherches. Elle alla jusqu'au bout du dortoir, ouvrit et referma la porte, mais à peine était-elle recouchée et la lampe éteinte que le loquet de la porte tapa comme si on l'ouvrait.

Bonne Esther ralluma encore la lampe et dit :

— Ça, c'est trop fort ; ce n'est pourtant pas la chatte qui ouvre la porte toute seule.

Il me semblait qu'elle avait peur : je l'entendais remuer dans son lit, et tout d'un coup elle se mit à crier :

— Mon Dieu ! mon Dieu !

Ismérie lui demanda ce qu'elle avait. Elle nous dit qu'une main ouvrait la porte à la chatte, et qu'elle venait de sentir un grand souffle sur son visage.

Dans la demi-clarté, on voyait la porte entrouverte. J'étais très effrayée. Je pensais que c'était le démon qui venait me chercher. Au bout d'un long moment, on n'entendait plus rien. Bonne Esther demanda si l'une de nous voulait bien se lever pour souffler la lampe, qui n'était cependant pas très loin de son lit. Personne ne répondit. Alors elle m'appela. Je me levai, pendant qu'elle disait :

— Toi qui es si sage, les revenants ne te feront rien.

Elle se tut en même temps que je soufflai la lampe, et tout de suite je vis des milliers de points brillants, pendant que je sentais un grand froid sur les joues. Je devinais sous les lits des dragons verts avec des gueules tout enflammées. Je sentais leurs griffes sur mes pieds, et des lumières sautaient de chaque côté de ma tête. J'éprouvais un grand besoin de m'asseoir et, en arrivant à mon lit, je croyais fermement qu'il me manquait les deux pieds. Quand j'osai m'en assurer, je les trouvai bien froids, et je finis par m'endormir en les tenant dans mes deux mains.

Au matin, Bonne Esther trouva la chatte sur un lit près de la porte.

Elle avait fait ses petits pendant la nuit.

On rapporta l'histoire à sœur Marie-Aimée. Elle répondit que c'était sûrement la chatte qui avait ouvert la porte, en se dressant vers le loquet. Mais la chose ne fut jamais bien éclaircie, et les petites en causèrent longtemps tout bas.

La semaine suivante, toutes celles qui avaient huit ans descendirent au grand dortoir.

J'eus un lit placé près d'une fenêtre, tout près de la chambre de sœur Marie-Aimée.

Marie Renaud et Ismérie restèrent mes voisines. Souvent, quand nous étions couchées, sœur Marie-Aimée venait s'asseoir près de ma fenêtre. Elle me prenait une main qu'elle caressait, tout en regardant dehors. Une nuit, il y eut un grand feu dans le voisinage. Tout le dortoir était éclairé. Sœur Marie-Aimée ouvrit la fenêtre toute grande, puis elle me secoua, en disant :

— Réveille-toi, viens voir le feu !

Elle me prit dans ses bras. Elle me passait la main sur le visage pour me réveiller en me répétant :

— Viens voir le feu. Vois comme c'est beau !

J'avais si envie de dormir que je laissais tomber ma tête sur son épaule. Alors, elle me donna une bonne gifle, en m'appelant petite brute. Cette fois, j'étais réveillée, et je me mis à pleurer. Elle me prit de nouveau dans ses bras ; elle s'assit et me berça en me tenant serrée contre elle.

Elle avançait la tête vers la croisée. Son visage était comme transparent, et ses yeux étaient pleins de lumière.

Ismérie aurait bien voulu que sœur Marie-Aimée ne vînt jamais vers la fenêtre ; cela l'empêchait de bavarder ; elle avait toujours quelque chose à dire ; sa voix était si forte qu'on l'entendait à l'autre bout du dortoir. Sœur Marie-Aimée disait :

— Voilà encore Ismérie qui parle.

Ismérie répondait :

— Voilà encore sœur Marie-Aimée qui gronde.

J'étais confondue de son audace. Je pensais que sœur Marie-Aimée faisait semblant de ne pas l'entendre.

Pourtant, un jour, elle lui dit :

— Je vous défends de répondre, espèce de naine.

Ismérie cria :

— Mon gnouf !

C'était un mot dont nous nous servions entre nous et qui voulait dire : « Regarde mon nez, si je t'écoute. »

Sœur Marie-Aimée s'élança vers le martinet. Je tremblai pour le petit corps d'Ismérie, mais elle se jeta à plat ventre, en gigotant, et se tordant avec des cris bizarres. Sœur Marie-Aimée la poussa du pied avec dégoût ; elle dit en lançant le martinet au loin :

— Quelle affreuse petite créature !

Dans la suite, elle évitait de la regarder et ne paraissait pas entendre ses insolences. Toutefois, elle nous défendait sévèrement de la porter sur notre dos. Cela n'empêchait pas Ismérie de grimper après moi comme un singe. Je n'avais pas le courage de la repousser, et, en me baissant un peu, je la laissais s'installer sur mon dos.

Cela se passait surtout en montant au dortoir. Elle avait une grande difficulté à enjamber les marches ; elle en riait elle-même, elle disait qu'elle montait comme les poules.

Comme sœur Marie-Aimée était toujours en avant, je

tâchais de me trouver dans les dernières; il arrivait parfois qu'elle se retournait brusquement; alors Ismérie glissait le long de moi avec une rapidité et une adresse étonnantes.

Je restais toujours un peu gênée sous le regard de sœur Marie-Aimée, et Ismérie ne manquait jamais de me dire;

— Tu vois comme tu es bête : tu t'es encore fait prendre.

Elle n'avait jamais pu grimper sur Marie Renaud, qui la repoussait toujours, en disant qu'elle usait et salissait nos robes.

Si Ismérie était bavarde, par contre Marie Renaud ne causait jamais.

Chaque matin, elle m'aidait à faire mon lit ; elle passait soigneusement ses mains sur les draps, pour lisser les cassures ; elle refusait obstinément mon aide pour faire le sien, prétendant que je roulais les draps n'importe comment. J'étais toujours stupéfaite de voir que son lit n'avait aucun désordre à son lever.

Elle finit par me confier qu'elle épinglait ses draps et ses couvertures après son matelas. Elle avait une quantité de petites cachettes pleines de toutes sortes de choses. A table, elle mangeait toujours un bout du dessert de la veille ; celui du jour restait dans sa poche ; elle le caressait et en mangeait un petit morceau de temps en temps. Je la trouvais souvent dans les coins en train de faire de la dentelle avec une épingle.

Sa plus grande joie était de brosser, plier et ranger ; aussi, grâce à elle, mes souliers étaient toujours bien cirés, et ma robe des dimanches soigneusement pliée.

Cela dura jusqu'au jour où il vint une nouvelle bonne, qui s'appelait Madeleine. Elle ne fut pas longtemps à s'apercevoir que je n'étais pour rien dans le bon arrangement de ma toilette ; elle se mit à crier en me traitant de mijaurée, de grande fainéante, disant que je me faisais servir comme une demoiselle, et que c'était honteux de faire travailler cette pauvre Marie Renaud qui n'avait pas deux liards de vie. Bonne Néron se mit d'accord avec elle pour dire que j'étais une orgueilleuse, que je me croyais au-dessus de tout le monde, que je ne faisais jamais rien comme les autres, qu'elle n'avait jamais vu une fille comme moi, et que j'étais dépareillée.

Elles criaient toutes deux à la fois en se tenant penchées sur moi.

Je pensais à deux fées braillardes, une noire et une blanche : Bonne Néron si haute et si noire, et Madeleine si blonde et si fraîche avec de grosses lèvres ouvertes, ses dents si écartées et sa langue large et épaisse qui remuait et poussait de la salive au coin de sa bouche.

Bonne Néron leva la main sur moi et dit :

— Voulez-vous baisser les yeux !

Elle ajouta en s'éloignant :

— C'est qu'elle vous fait honte quand elle vous regarde comme cela.

Je savais depuis longtemps que Bonne Néron ressemblait à un taureau, mais il me fut impossible de trouver à quelle bête ressemblait Madeleine. J'y pensai pendant plusieurs jours en repassant dans ma tête le nom de toutes les bêtes que je connaissais, et je finis par y renoncer.

Elle était grasse et elle marchait en fléchissant les reins ; elle avait une voix perçante qui surprenait tout le monde.

Elle demanda à chanter à la chapelle, mais comme elle ne savait pas les cantiques, sœur Marie-Aimée me chargea de les lui apprendre. Marie Renaud put recommencer de brosser et de plier mes habits sans que personne eût l'air de s'en apercevoir. Elle était si contente qu'elle me fit cadeau d'une épingle double pour attacher mon mouchoir, que je perdais toujours. Deux jours après, j'avais perdu l'épingle et le mouchoir.

Oh ! ce mouchoir, quel cauchemar épouvantable ! Maintenant encore, quand j'y pense, une angoisse me prend. Pendant des années, je perdis régulièrement un mouchoir par semaine.

Sœur Marie-Aimée nous remettait un mouchoir propre contre le sale que nous jetions à terre devant elle. J'y pensais seulement à ce moment-là ; alors, je retournais toutes mes poches ; je courais comme une folle dans les dortoirs, dans les couloirs, jusqu'au grenier ; je cherchais partout. Mon Dieu ! pourvu que je trouve un mouchoir !

En passant devant la Vierge, je joignais les mains avec ferveur : « Mère admirable, faites que je trouve un mouchoir ! »

Mais je n'en trouvais pas, et je redescendais, rouge, essoufflée, penaude, n'osant pas prendre celui que me tendait sœur Marie-Aimée.

J'entendais d'avance le reproche si mérité. Les jours où je n'entendais pas de reproches, je voyais un front plissé, des yeux courroucés qui me suivaient longtemps sans se détourner ; j'étais si écrasée de honte que je pouvais à peine lever les pieds. Je marchais tout effacée, sans remuer le corps ; et, malgré cela, je perdais encore mon mouchoir.

Madeleine me regardait avec un air de fausse compassion, et elle ne pouvait pas toujours s'empêcher de me dire que je méritais une sévère punition.

Elle paraissait très attachée à sœur Marie-Aimée ; elle la servait attentivement, et fondait en larmes au moindre reproche.

Elle avait des crises de gros sanglots que sœur Marie-

Aimée calmait en lui caressant les joues. Alors, elle riait et pleurait tout à la fois. Elle avait un mouvement des épaules qui laissait voir son cou blanc, et qui faisait dire à Bonne Néron qu'elle avait l'air d'une chatte.

Bonne Néron s'en alla un jour après une scène, au milieu du déjeuner, alors qu'il régnait un grand silence. Elle cria tout à coup :

— Oui, je veux m'en aller, et je m'en irai ! Comme sœur Marie-Aimée la regardait tout étonnée, elle lui fit face en baissant la tête, qu'elle secouait et lançait en avant, criant plus fort qu'elle ne souffrirait pas plus longtemps d'être commandée par une morveuse, oui, une morveuse.

Elle était arrivée à reculons près de la porte ; elle l'ouvrit tout en donnant de furieux coups de tête et avant de disparaître, elle lança son grand bras dans la direction de sœur Marie-Aimée et, avec un profond mépris, elle dit :

— Ça n'a pas seulement vingt-cinq ans !

Quelques petites filles étaient terrifiées ; d'autres éclatèrent de rire. Madeleine eut une véritable crise de nerfs ; elle se jeta aux genoux de sœur Marie-Aimée en lui enlaçant les jambes et en embrassant sa robe. Elle lui prit les mains, qu'elle frotta contre sa grosse bouche humide ; tout cela, en poussant des cris, comme si une catastrophe épouvantable était arrivée.

Sœur Marie-Aimée n'arrivait pas à se dégager ; elle finit par se fâcher. Alors, Madeleine s'évanouit en tombant sur le dos.

Tout en la dégrafant, sœur Marie-Aimée fit un signe de mon côté. Croyant qu'elle avait besoin de mes services, j'accourus. Mais elle me renvoya :

— Non, pas toi, Marie Renaud.

Elle lui remit ses clefs, et bien que Marie Renaud ne fût jamais entrée dans la chambre de sœur Marie-Aimée, elle trouva tout de suite le flacon demandé.

Madeleine se remit très vite et, en prenant la place de Bonne Néron, elle prit de l'autorité. Elle restait timide et soumise devant sœur Marie-Aimée ; mais elle se rattrapait sur nous, en braillant à tout propos qu'elle était notre surveillante, et non pas notre bonne.

Le jour de son évanouissement, j'avais vu ses seins, qui m'avaient paru si beaux que je n'avais encore rien imaginé de pareil.

Mais je la trouvais bête, et ne faisais aucun cas de ses remontrances. Cela la mettait en colère ; elle me criblait de mots grossiers, et finissait toujours par me traiter d'espèce de princesse.

Elle ne pouvait supporter l'affection que me montrait sœur Marie-Aimée ; et quand elle la voyait m'embrasser, elle rougissait de dépit.

Je commençais à grandir et j'étais assez bien portante. Sœur Marie-Aimée disait qu'elle était fière de moi. Elle me serrait si fort en m'embrassant qu'elle me faisait mal. Puis elle disait en posant délicatement ses doigts sur mon front :

— Ma petite fille ! mon petit enfant !

Pendant les récréations, je restais souvent près d'elle. Je l'écoutais lire : elle lisait d'une voix profonde et mordante, et, quand les personnages lui déplaisaient par trop, elle fermait violemment le livre et se mêlait à nos jeux.

Elle eût voulu me voir sans défaut. Elle répétait souvent :

— Je veux que tu sois parfaite ; entends-tu ? parfaite.

Un jour, elle crut que j'avais menti.

Nous avions trois vaches qui paissaient quelquefois sur une pelouse au milieu de laquelle se trouvait un énorme marronnier. La vache blanche était méchante, et nous en avions peur, parce quelle avait déjà piétiné une petite fille.

Ce jour-là, je vis les deux vaches rouges et, directement sous le marronnier, une belle vache noire. Je dis à Ismérie :

— Tiens, on a changé la vache blanche, sans doute parce qu'elle était méchante.

Ismérie, qui était de mauvaise humeur, se mit à crier, disant que je me moquais toujours des autres, en voulant leur faire croire des choses qui n'existaient pas.

Je lui montrai la vache : elle soutint que c'était la blanche ; moi, je soutenais que c'était une noire.

Sœur Marie-Aimée entendit. Elle paraissait outrée, quand elle dit :

— Comment peux-tu soutenir que cette vache est noire ?

A ce moment, la vache se déplaça ; elle paraissait maintenant noire et blanche, et je compris que c'était l'ombre du marronnier qui m'avait trompée. J'étais si stupéfaite que je ne trouvai rien à répondre ; je ne savais comment expliquer cela. Sœur Marie-Aimée me secoua violemment.

— Pourquoi as-tu menti ? Allons ! réponds, pourquoi as-tu menti ?

Je répondis que je ne savais pas.

Elle m'envoya en pénitence sous le hangar, en m'assurant que je n'aurais comme nourriture que du pain et de l'eau.

Comme je n'avais pas menti, la pénitence me laissa indifférente.

Sous ce hangar, il n'y avait que de vieilles armoires, et des choses servant au jardinage. Je grimpai d'une chose sur l'autre, et je me trouvai bientôt assise sur la plus haute armoire.

J'avais dix ans, et c'était la première fois que je me trouvais seule. J'en ressentis comme un contentement. Tout en balançant mes jambes, j'imaginais tout un monde invisible : une vieille armoire à ferrures rouillées devint l'entrée d'un palais magnifique. J'étais une petite fille abandonnée sur une montagne ; une belle dame vêtue comme une fée m'avait aperçue et venait me chercher ; des chiens merveilleux couraient devant elle ; ils étaient presque à mes pieds, lorsque je vis devant l'armoire aux ferrures sœur Marie-Aimée, qui regardait de tous côtés.

Je ne savais pas que j'étais assise sur un meuble ; je me croyais encore sur la montagne, et j'étais seulement ennuyée que l'arrivée de sœur Marie-Aimée eût fait disparaître le palais avec tous ses personnages.

Elle me découvrit au balancement de mes jambes ; et je m'aperçus en même temps qu'elle que j'étais sur une armoire.

Elle resta un moment les yeux levés vers moi ; puis, elle tira de la poche de son tablier un morceau de pain, un bout de boudin, une petite fiole de vin, me montra chaque chose l'une après l'autre, et, la voix fâchée, elle dit ;

— C'était pour toi ; eh bien, voilà !

Elle remit le tout dans sa poche, et s'en alla.

Un instant après, Madeleine m'apporta du pain et de l'eau, et je restai jusqu'au soir sous le hangar.

Depuis quelque temps, sœur Marie-Aimée devenait triste; elle ne jouait plus avec nous; souvent, elle oubliait l'heure de notre dîner. Madeleine m'envoyait la chercher à la chapelle, où je la trouvais à genoux, le visage caché dans ses mains.

Il me fallait la tirer par sa robe pour me faire entendre. Il me sembla plusieurs fois qu'elle avait pleuré; mais je n'osais pas la regarder de peur de la fâcher. Elle paraissait tout absorbée, et, quand on lui parlait, elle répondait par oui ou par non, d'un ton sec.

Pourtant, elle s'occupa activement d'une petite fête que nous faisions tous les ans à Pâques. Elle fit apporter les gâteaux que l'on rangea sur une table, en les recouvrant d'une nappe blanche, pour ne pas donner trop de tentation aux gourmandes.

Le dîner s'était passé au milieu d'un babillage énorme, à cause de la permission que nous avions de causer à table les jours de fête. Sœur Marie-Aimée nous avait servies avec son bon sourire et une bonne parole pour chacune. Elle se disposait à nous servir les gâteaux en se faisant aider par Madeleine, pour enlever la nappe qui les recouvrait.

A ce moment, la chatte, qui était dessous, sauta à terre et se sauva. Sœur Marie-Aimée et Madeleine poussèrent ensemble un « ah ! » prolongé, puis Madeleine cria :

— La sale bête, elle a mordu à tous les gâteaux !

Sœur Marie-Aimée n'aimait pas la chatte. Elle resta un moment immobile, puis elle courut prendre un bâton et se lança après la bête.

Ce fut une course épouvantable : la chatte, affolée, sautait de tous côtés, échappant au bâton, qui ne frappait que les bancs et les murs. Toutes les petites filles, prises de peur, se sauvaient vers la porte. Sœur Marie-Aimée les arrêta d'un mot : Que personne ne sorte !

Elle avait un visage que je ne connaissais pas : ses lèvres rentrées, ses joues aussi blanches que sa cornette, et ses yeux qui faisaient du feu, me semblèrent si effrayants que je cachai ma figure dans mon bras.

Malgré moi, je regardai de nouveau. La poursuite continuait : sœur Marie-Aimée, le bâton haut, courait en silence ; ses lèvres s'étaient ouvertes et on voyait ses petites dents pointues ; elle courait dans tous les sens, sautant les bancs, montant sur les tables en relevant rapidement ses jupes ; au moment où elle allait l'atteindre, la chatte fit un bond formidable et s'accrocha après un rideau, tout en haut d'une fenêtre.

Madeleine, qui avait suivi sœur Marie-Aimée avec des mouvements de jeune chien un peu lourd, voulut aller chercher un bâton plus long, mais sœur Marie-Aimée l'arrêta d'un geste en disant :

— Elle a bien fait de s'échapper !

Bonne Justine, qui était près de moi, disait en se cachant les yeux :

— Oh ! c'est honteux ! c'est honteux !

Moi aussi, je trouvais que c'était honteux : une sorte de déconsidération me venait pour sœur Marie-Aimée, que j'avais toujours crue sans défaut. Je comparais cette scène avec une autre qui s'était passée un jour de grand orage. Combien j'avais trouvé sœur Marie-Aimée au-dessus de tout, ce jour-là ! Je la revoyais, montée sur un banc : elle fermait tranquillement les hautes fenêtres en élevant ses beaux bras dont les larges manches se rabattaient sur ses épaules, et, pendant que nous étions épouvantées par les éclairs et les coups de vent furieux, elle disait d'une voix calme :

— Mais... c'est un ouragan !

Maintenant, sœur Marie-Aimée faisait reculer les petites filles au fond de la salle. Elle ouvrait la porte toute grande à la chatte, qui sortit en trois bonds.

L'après-midi, je fus bien étonnée de voir que ce n'était pas notre vieux curé qui disait les vêpres.

Celui-ci était grand et fort. Il chantait d'une voix forte et saccadée. Toute la soirée, on parla de lui. Madeleine disait que c'était un bel homme, et sœur Marie-Aimée trouva qu'il avait la voix jeune, mais qu'il prononçait les mots comme un vieillard. Elle dit aussi qu'il avait la démarche jeune et distinguée.

Quand il vint nous faire visite deux ou trois jours après, je vis qu'il avait des cheveux blancs qui bouclaient au-dessus de son cou, et que ses yeux et ses sourcils étaient très noirs.

Il demanda à voir celles qui se préparaient au catéchisme, et voulut savoir le nom de chacune. Sœur Marie-Aimée répondit pour moi. Elle dit en mettant sa main sur ma tête :

— Celle-ci, c'est notre Marie-Claire.

Ismérie s'approcha à son tour. Il la regarda avec une grande curiosité, la fit tourner le dos et marcher devant lui ; il compara sa taille à celle d'un bébé de trois ans, et comme il demandait à sœur Marie-Aimée si elle était intelligente, Ismérie se retourna brusquement en disant qu'elle était moins bête que les autres.

Il se mit à rire, et je vis que ses dents étaient très blanches. Quand il parlait, il faisait un mouvement en avant, comme s'il voulait rattraper ses mots, qui semblaient lui échapper malgré lui.

Sœur Marie-Aimée le reconduisit jusqu'à la porte de la grande cour. Les autres fois, elle n'accompagnait les visiteurs que jusqu'à la porte de la salle.

Elle reprit sa place sur son estrade et, au bout d'un moment, elle dit, sans regarder personne :

— C'est un homme vraiment très distingué.

Notre nouveau curé habitait dans une petite maisonnette, tout près de la chapelle. Le soir, il se promenait dans les allées plantées de tilleuls. Il passait très près du carré de pelouse où nous jouions, et il saluait, en se courbant très bas, sœur Marie-Aimée.

Tous les jeudis après midi, il venait nous rendre visite : il s'asseyait en s'appuyant au dossier de sa chaise, et, après avoir croisé les jambes l'une sur l'autre, il nous racontait des histoires. Il était très gai, et sœur Marie-Aimée disait qu'il riait de bon cœur.

Il arrivait parfois que sœur Marie-Aimée était souffrante ; alors, il montait lui faire visite dans sa chambre.

On voyait passer Madeleine avec une théière et deux tasses ; elle était rouge et empressée.

Quand l'été fut fini, M. le curé vint nous voir le soir après dîner ; il passait la veillée avec nous.

A neuf heures sonnant, il nous quittait ; et sœur Marie-Aimée l'accompagnait toujours dans le couloir jusqu'à la grande porte.

Il y avait déjà un an qu'il était avec nous, et je n'avais pu encore m'habituer à me confesser à lui. Souvent, il me regardait avec un rire qui me faisait croire qu'il se souvenait de mes péchés.

Nous allions à confesse à jours fixes : chacune passait à son tour; quand il n'en restait plus qu'une ou deux avant moi, je commençais à trembler.

Mon cœur battait à toute volée, et j'avais des crampes d'estomac qui me coupaient la respiration.

Puis, mon tour arrivé, je me levais, les jambes tremblantes, la tête bourdonnante et les joues froides. Je tombais sur les genoux dans le confessionnal, et tout aussitôt la voix marmottante et comme lointaine de M. le curé me rendait un peu de confiance. Mais il fallait toujours qu'il m'aidât à me rappeler mes péchés : sans cela, j'en aurais oublié la moitié.

A la fin de la confession, il me demandait toujours mon nom. J'aurais bien voulu en dire un autre, mais en même temps que j'y pensais, le mien sortait précipitamment de ma bouche.

Le moment de la première communion approchait; elle devait avoir lieu au mois de mai, et on commençait déjà les préparatifs.

Sœur Marie-Aimée composait des cantiques nouveaux; elle avait fait aussi une sorte de cantique à la louange de M. le curé.

Quinze jours avant la cérémonie, on nous sépara des autres. Nous passions tout notre temps en prières.

Madeleine devait surveiller notre recueillement, mais il lui arriva plus d'une fois de le troubler, en se disputant avec l'une ou l'autre.

Ma camarade s'appelait Sophie.

Elle n'était pas bruyante, et nous nous éloignions toujours des disputes. Nous causions de choses graves. Je lui avouai mon aversion pour la confession, et combien j'avais peur de faire une mauvaise communion.

Elle était très pieuse, et elle ne comprenait rien à mes appréhensions. Elle trouvait que je manquais de piété, et elle avait remarqué que je m'endormais pendant la prière.

Elle m'avoua à son tour qu'elle avait grand'peur de la mort; elle en parlait d'un air craintif, en baissant la voix.

Ses yeux étaient presque verts, et ses cheveux si beaux que sœur Marie-Aimée n'avait jamais voulu les lui couper, comme aux autres petites filles.

Enfin, le grand jour arriva.

Ma confession générale n'avait pas été trop pénible : cela m'avait donné à peu près la même impression qu'un bon bain. Je me sentais très propre.

Cependant, je tremblais si fort en recevant l'hostie que mes dents en gardèrent une partie. J'eus un éblouissement, et il me sembla qu'un rideau noir descendait devant moi. Je crus reconnaître la voix de sœur Marie-Aimée, qui demandait :

— Es-tu malade ?

J'eus conscience qu'elle m'accompagnait jusqu'à mon prie-Dieu, qu'elle me mettait mon cierge dans la main, en disant :

— Tiens-le bien.

J'avais la gorge si serrée qu'il m'était impossible d'avaler, et je sentis qu'un liquide me coulait de la bouche.

Alors, une peur folle monta en moi, car Madeleine nous avait bien averties que s'il nous arrivait de mordre l'hostie, le sang de Jésus coulerait de notre bouche sans que rien pût l'arrêter.

Sœur Marie-Aimée m'essuyait le visage, et disait tout bas :

— Fais donc attention, voyons ; es-tu malade ?

Ma gorge se desserra et j'avalai brusquement l'hostie avec un flot de salive.

J'osai alors regarder le sang qui était sur ma robe, mais je ne vis qu'une petite tache pareille à celle qu'aurait pu faire une goutte d'eau.

Je portai mon mouchoir à mes lèvres et j'essuyai ma langue : il n'y avait pas non plus de sang sur mon mouchoir.

Je n'étais pas très sûre de tout cela, mais comme on nous faisait lever pour chanter, j'essayai de chanter avec les autres.

Quand M. le curé vint nous voir dans la journée, sœur Marie-Aimée lui dit que j'avais failli m'évanouir pendant la communion. Il me releva la tête et, après m'avoir bien regardée dans les yeux, il se mit à rire, et dit que j'étais une petite fille très sensible.

Aussitôt que nous avions fait notre première communion, nous n'allions plus en classe. Bonne Justine nous apprenait à faire de la lingerie. Nous faisions des coiffes pour les paysannes. Ce n'était pas très difficile, et comme c'était quelque chose de nouveau, je travaillais avec ardeur.

Bonne Justine déclara que je ferais une très bonne lingère. Sœur Marie-Aimée dit en m'embrassant :

— Si seulement tu pouvais vaincre ta paresse !

Mais quand j'eus fait plusieurs coiffes, et qu'il me fallut toujours recommencer, ma paresse reprit vite le dessus. Je m'ennuyais, et je ne pouvais me décider à travailler.

Je serais restée des heures et des heures sans bouger, à regarder travailler les autres.

Marie Renaud cousait en silence ; elle faisait des points si petits et si serrés qu'il fallait avoir de bons yeux pour les voir.

Ismérie cousait en chantonnant sans crainte des réprimandes.

Les unes cousaient le dos courbé, le front plissé, avec des doigts mouillés qui faisaient crisser les aiguilles ; d'autres cousaient lentement, avec soin, sans fatigue, sans ennui, en comptant les points tout bas.

J'aurais bien voulu être comme celles-là ! Je me

grondais en moi-même, et pendant quelques minutes je les imitais.

Mais le moindre bruit me dérangeait, et je restais à écouter ou à regarder ce qui se passait autour de moi. Madeleine disait que j'avais toujours le nez en l'air.

Je passais tout mon temps à imaginer des aiguilles qui auraient cousu toutes seules.

Pendant longtemps, j'ai eu l'espoir qu'une gentille petite vieille, visible pour moi seulement, sortirait de la grande cheminée et viendrait coudre ma coiffe très vite.

Je finis par devenir insensible aux reproches. Sœur Marie-Aimée ne savait plus que faire pour m'encourager ou me punir.

Un jour, elle décida que je ferais la lecture tout haut, deux fois par jour. Ce fut une grande joie pour moi ; je trouvais que l'heure de la lecture n'arrivait jamais assez vite, et je fermais toujours le livre avec regret.

Après la lecture, sœur Marie-Aimée faisait chanter Colette, l'infirme.

Elle chantait toujours les mêmes chansons, mais sa voix était si belle qu'on ne se lassait pas de l'entendre. Elle chantait simplement, sans quitter son ouvrage, en balançant seulement un peu la tête.

Bonne Justine, qui savait l'histoire de chacune, racontait que Colette avait été apportée avec les deux jambes broyées, quand elle était encore toute petite.

Maintenant, elle avait vingt ans : elle marchait péniblement avec deux cannes, et ne voulait pas se servir de béquilles, de peur d'avoir l'air d'une vieille.

Pendant les récréations, je la voyais toujours seule sur un banc. Elle s'étirait sans cesse en se renversant en arrière. Ses yeux noirs avaient la prunelle si large qu'on ne voyait presque pas le blanc.

Je me sentais attirée vers elle ; j'aurais voulu être son amie. Elle paraissait très fière et, quand je lui rendais un petit service, elle avait une façon de me dire : « Merci, petite », qui me renvoyait tout de suite à mes douze ans.

Madeleine prit un air mystérieux pour me dire qu'il était bien défendu de parler seule avec Colette ; et quand je voulus savoir pourquoi, elle s'embrouilla dans une histoire longue et compliquée qui ne m'apprit rien du tout.

Je m'adressai à Bonne Justine, qui fit les mêmes simagrées pour me dire qu'on disait beaucoup de mal de Colette, et qu'une petite fille comme moi ne devait pas s'approcher d'elle.

Je ne pus jamais parvenir à comprendre pourquoi. A force de la regarder, je m'aperçus que chaque fois qu'une grande lui donnait le bras pour la promener un peu, il en venait tout de suite trois ou quatre qui causaient et riaient avec elle.

Je pensai qu'elle n'avait pas d'amie. Une grande pitié s'ajouta au sentiment qui m'attirait vers elle et, un jour que les grandes la délaissaient, je lui offris mon bras pour faire le tour de la pelouse.

J'étais debout, devant elle, un peu intimidée. Je sentais qu'elle ne refuserait pas.

Elle me fixa, puis elle dit :

— Tu sais que c'est défendu ?

Je fis signe que oui.

Elle eut un mouvement de la tête pour me fixer davantage.

— Et tu n'as pas peur d'être punie ?

Je fis signe que non.

J'avais une grande envie de pleurer qui me serrait la gorge. Je l'aidai à se lever. Elle s'appuyait d'une main sur une canne et, malgré cela, elle pesait sur moi de tout son poids.

Je compris combien la marche lui était pénible ; elle ne me dit pas un mot pendant la promenade, et, quand je l'eus ramenée à son banc, elle dit en me regardant :

— Merci, Marie-Claire.

En me voyant avec Colette, Bonne Justine avait levé les bras au ciel, et fait le signe de la croix.

A l'autre bout de la pelouse, Madeleine braillait en me montrant le poing.

Le soir, je vis bien que sœur Marie-Aimée savait ce que j'avais fait, mais elle ne m'en fit aucun reproche.

Pendant la récréation suivante, elle m'attira sur son petit banc, elle prit ma tête dans ses deux mains, et se pencha sur moi. Elle ne me disait rien, mais ses yeux plongeaient dans tout mon visage : il me semblait que j'étais enveloppée dans ses yeux. J'en ressentais comme une chaleur, et j'y étais à mon aise. Elle m'embrassa longuement au front, puis elle me sourit et dit :

— Va, tu es mon beau lis blanc.

Je la trouvai si belle avec ses yeux qui avaient des rayons de plusieurs couleurs que je lui dis :

— Vous aussi, ma mère, vous êtes une belle fleur.

Elle prit un ton dégagé pour me dire :

— Oui, mais je ne compte plus dans les lis.

Puis elle me demanda brusquement :

— Tu n'aimes donc plus Isménie ?

— Si, ma mère.

— Ah ! eh bien, et Colette ?

— Je l'aime bien aussi.

Elle me repoussa :

— Oh ! toi, tu aimes tout le monde !

Presque chaque jour, j'offrais mon bras à Colette.

Elle me parlait seulement pour faire quelques remarques sur l'une ou l'autre.

Quand je m'asseyais près d'elle, elle me regardait curieusement : elle trouvait que j'avais une drôle de figure.

Un jour, elle me demanda si je la trouvais jolie. Aussitôt, je me rappelai que sœur Marie-Aimée disait qu'elle était noire comme une taupe.

Je vis pourtant qu'elle avait un grand front, de grands yeux, et le reste du visage tout mince. En la regardant, je ne sais pourquoi je pensais à un puits profond et noir qui aurait été plein d'eau chaude.

Non, je ne la trouvais pas jolie ! Mais je n'osai pas le lui dire, parce qu'elle était infirme, et je répondis qu'elle serait bien plus jolie si elle avait la peau blanche.

Petit à petit, je devenais son amie.

Elle me confia qu'elle espérait s'en aller pour se marier, comme la grande Nina, qui venait nous voir le dimanche, avec son enfant.

Elle me tapait sur le bras en me disant :

— Vois-tu, moi, il faut que je me marie.

Elle s'étirait longuement, en tendant tout son corps en avant.

Il y avait des jours où elle pleurait avec un chagrin si profond que je ne trouvais rien à lui dire.

Elle regardait ses jambes toutes tortillées, et c'était comme un gémissement quand elle disait :

— Il faudrait un miracle pour que je puisse sortir d'ici.

Il me vint tout d'un coup l'idée que la Vierge pourrait faire le miracle.

Colette trouva la chose toute simple.

Elle était tout étonnée de n'y avoir pas encore songé : il était si juste qu'elle eût des jambes comme les autres !

Elle voulut s'en occuper tout de suite.

Elle m'expliqua qu'il fallait être plusieurs jeunes filles pour faire la neuvaine; que nous irions nous purifier par la communion; et que pendant neuf jours nous ne cesserions pas de prier afin d'obtenir la grâce.

Il fallait que cela fût dans le plus grand secret.

Il fut convenu que ma camarade Sophie serait des nôtres, à cause de sa grande piété. Colette se chargeait d'en parler à quelques grandes qui avaient bon cœur.

Deux jours après, tout fut réglé.

Colette devait jeûner et faire pénitence pendant les neuf jours. Le dixième, qui serait un dimanche, elle irait communier comme d'habitude, en se servant de sa canne, et du bras de l'une de nous; puis, l'hostie dans son cœur, elle ferait le vœu d'élever ses enfants dans l'amour de la Vierge; après cela, elle se lèverait toute droite et entonnerait de sa voix magnifique le *Te Deum*, que nous reprendrions en chœur.

Pendant les neuf jours, je priai avec une ferveur que je n'avais jamais connue. Les prières ordinaires me semblaient fades. Je récitais les litanies de la Vierge; je cherchais les plus belles louanges, et les répétais sans me lasser !

— Etoile du matin, guérissez Colette.

La première fois, je restai si longtemps à genoux que sœur Marie-Aimée vint me gronder.

Personne ne remarqua les petits signes que nous échangions, et la neuvaine se termina dans le plus grand secret.

Colette était bien pâle, quand elle vint à la messe : ses joues étaient encore plus minces ; elle se tenait les yeux baissés, et ses paupières étaient toutes violettes.

Je pensai que c'était la fin de son martyre, et une joie profonde me soulevait.

Tout près de moi, une Vierge vêtue d'une grande robe blanche souriait en me regardant, et dans un élan de toute ma foi, ma pensée lui cria :

— Miroir de Justice, guérissez Colette !

Et, les tempes serrées par la volonté de ne pas distraire ma pensée, je répétais :

— Miroir de Justice, guérissez Colette !

Maintenant, Colette s'en allait communier. Sa canne faisait un petit bruit sec sur les dalles.

Quand elle se fut agenouillée, celle qui l'avait accompagnée revint avec la canne, tant elle était sûre qu'elle serait inutile.

Ce fut lamentable.

Colette essaya de se mettre debout, et retomba sur les genoux. Sa main tâtonna pour prendre sa canne, et, ne la trouvant pas, elle fit un nouveau mouvement pour se lever.

Elle se cramponna à la Sainte Table, et s'accrocha au bras d'une sœur qui communiait près d'elle ; puis ses épaules balancèrent, et elle s'écroula en entraînant la sœur.

Deux des nôtres se précipitèrent, et traînèrent la pauvre Colette jusqu'à son banc.

Pourtant, j'espérais encore, et, jusqu'à la fin de la messe, j'attendis le *Te Deum*.

Aussitôt que cela me fut possible, je rejoignis Colette.

Elle était entourée des grandes, qui essayaient de la consoler en lui conseillant de se donner à Dieu pour toujours. Elle pleurait doucement, sans secousses, la tête un peu penchée, et ses larmes tombaient sur ses mains, qu'elle tenait croisées l'une sur l'autre.

Je m'agenouillai devant elle, et, quand elle me regarda, je lui dis :

— Peut-être qu'on peut se marier malgré qu'on est infirme.

L'histoire de Colette fut bientôt connue de toute la maison ; il y eut une tristesse générale qui empêcha les jeux d'être bruyants. Ismérie croyait m'apprendre une grande nouvelle en me racontant la chose.

Ma camarade Sophie me dit qu'il fallait se soumettre aux volontés de la Vierge, parce qu'elle savait mieux que nous ce qui convenait au bonheur de Colette.

J'aurais bien voulu savoir si sœur Marie-Aimée avait été avertie. Je ne la vis que dans l'après-midi, à l'heure de la promenade. Elle n'avait pas l'air triste ; on aurait plutôt dit qu'elle était contente ; jamais elle ne m'avait paru aussi jolie. Tout son visage resplendissait.

Pendant la promenade, je remarquai qu'elle marchait comme si quelque chose l'eût soulevée. Je ne me rappelais pas l'avoir jamais vue marcher comme cela. Son voile s'envolait un peu aux épaules, et sa guimpe ne cachait pas complètement son cou.

Elle ne faisait aucune attention à nous, elle ne regardait rien, et on eût dit qu'elle voyait quelque chose. Par instants, elle souriait, comme si quelqu'un lui eût parlé intérieurement.

Le soir, après dîner, je la retrouvai assise sur un vieux banc qui touchait à un gros tilleul. M. le curé était assis près d'elle, le dos appuyé contre l'arbre.

Ils avaient l'air grave.

Je croyais qu'ils parlaient de Colette, et je m'arrêtai a quelques pas d'eux.

Sœur Marie-Aimée disait, comme si elle répondait à une question :

— Oui, à quinze ans.

Monsieur le curé dit :

— A quinze ans, on n'a pas la vocation.

Je n'entendis pas ce que répondit sœur Marie-Aimée, mais M. le curé reprit :

— A quinze ans, on a toutes les vocations : il suffit d'un geste affectueux ou indifférent, pour vous éloigner ou vous encourager dans une voie.

Il fit une pause, et dit plus bas :

— Vos parents ont été bien coupables.

Sœur Marie-Aimée répondit :

— Je ne regrette rien.

Ils restèrent longtemps sans parler ; puis sœur Marie-Aimée leva le doigt comme pour une recommandation et dit :

— En tout lieu, malgré tout, et toujours.

Monsieur le curé étendit un peu la main en riant, et il dit aussi :

— En tout lieu, malgré tout, et toujours.

La cloche du coucher sonna tout à coup, et M. le curé disparut dans les allées de tilleuls.

Pendant longtemps, je me répétai les mots que j'avais entendus ; mais jamais je ne pus les associer à l'histoire de Colette.

Colette ne comptait plus sur un miracle pour s'en aller ; et pourtant, elle ne pouvait se résigner à rester dans cette maison.

Quand elle vit partir une à une toutes celles qui avaient son âge, elle commença de se révolter. Elle ne voulut plus aller à confesse, ni communier ; elle allait à la messe, parce qu'elle chantait et aimait la musique.

Je restais souvent près d'elle pour la consoler.

Elle m'expliquait que le mariage, c'était l'amour.

Sœur Marie-Aimée, qui était souffrante depuis quelque temps tomba tout à fait malade.

Madeleine la soignait avec dévouement et nous dirigeait à tort et à travers. Elle s'acharnait particulièrement sur moi ; et quand elle me voyait lasse de coudre, elle disait en essayant de prendre un air hautain :

— Puisque mademoiselle n'aime pas la couture, elle n'a qu'à prendre le balai.

Elle s'avisa un dimanche de me faire nettoyer les escaliers, pendant l'heure de la messe. Nous étions en janvier ; un froid humide, venant des couloirs, montait les marches et pénétrait sous ma robe.

Je balayais de toutes mes forces, pour me réchauffer.

Les sons de l'harmonium venaient de la chapelle jusqu'à moi ; par instants je reconnaissais les notes aigres et perçantes de Madeleine, et les éclats saccadés de M. le curé.

Je suivais la messe d'après les chants. La voix de Colette monta tout à coup ; elle était forte et pure ; elle s'élargit, couvrit les sons de l'harmonium, domina tout, puis elle s'envola par-dessus les tilleuls, par-dessus les maisons, plus haut que le clocher.

J'en ressentis un grand frisson, et quand la voix redescendit un peu tremblante, quand elle fut rentrée dans l'église et étouffée par les sons de l'harmonium, je me mis à pleurer avec des hoquets, comme une toute petite fille. Puis la voix pointue de Madeleine perça de nouveau, et je balayai à grands coups, comme si mon balai devait effacer cette voix qui m'était si désagréable.

Ce jour-là, sœur Marie-Aimée me fit appeler près d'elle. Il y avait bien deux mois qu'elle n'était pas sortie de sa chambre. Elle commençait d'aller mieux, mais je remarquai que ses yeux ne brillaient plus du tout. Ils me faisaient penser à un arc-en-ciel presque fondu.

Elle me fit raconter les petites histoires drôles qui s'étaient passées ; elle voulait sourire en m'écoutant, mais sa bouche ne se relevait que d'un seul côté. Elle me demanda aussi si je l'avais entendue crier.

Oh ! oui, je l'avais entendue ; c'était pendant sa maladie. Elle avait poussé des cris si épouvantables, au milieu de la nuit, que tout le dortoir en avait été réveillé. Madeleine allait et venait. On l'entendait remuer de l'eau ; et comme je lui demandais ce qu'avait sœur Marie-Aimée, elle m'avait répondu tout en courant :

— Des douleurs.

J'avais aussitôt pensé que Bonne Justine avait aussi des douleurs ; mais jamais elle n'avait crié comme cela, et j'imaginais les jambes de sœur Marie-Aimée trois fois plus enflées que celles de Bonne Justine.

Les cris étaient devenus de plus en plus forts. Il y en avait eu un si terrible qu'il semblait lui sortir des entrailles. Ensuite on avait entendu quelques plaintes. Puis, plus rien.

Au bout d'un moment, Madeleine était venue parler à Marie Renaud. Aussitôt Marie Renaud avait mis sa robe, et je l'avais entendue descendre.

Un instant après, elle était revenue avec M. le curé. Il était entré précipitamment dans la chambre de sœur Marie-Aimée et Madeleine avait vite refermé la porte sur lui.

Il n'était pas resté longtemps ; mais il s'en était retourné bien moins vite qu'il n'était venu. Il marchait en baissant la tête, et sa main droite ramenait un pan de son manteau sur son bras gauche, comme s'il voulait préserver une chose précieuse.

Je pensai qu'il remportait les Saintes Huiles, et je n'osai pas lui demander si sœur Marie-Aimée était morte.

Je n'avais pas oublié non plus le coup de poing que j'avais reçu de Madeleine, lorsque je m'étais accrochée à sa jupe. Elle m'avait renversée, en disant très bas et très vite :

— Elle va mieux.

Le jour où sœur Marie-Aimée fut guérie, Madeleine perdit son arrogance, et tout rentra dans l'ordre.

J'avais toujours la même répugnance pour la couture, et sœur Marie-Aimée commençait à s'en inquiéter.

Elle en parla devant moi à la sœur de M. le curé. C'était une vieille demoiselle qui avait une longue figure, et de grands yeux fanés. Elle s'appelait Mlle Maximilienne.

Sœur Marie-Aimée disait combien elle était inquiète de mon avenir ; elle trouvait que j'apprenais les choses avec une grande facilité, mais qu'aucun travail de couture ne m'intéressait.

Elle avait remarqué depuis longtemps que j'aimais l'étude. Alors, elle s'était informée s'il ne me restait pas quelques parents éloignés, qui auraient pu se charger de moi ; mais il ne me restait qu'une vieille parente, qui avait déjà adopté ma sœur, et refusait de s'occuper de moi.

Mlle Maximilienne offrit de me prendre dans son magasin de modes. M. le curé trouva que c'était une très bonne idée ; il ajouta qu'il se ferait même un plaisir de venir deux fois par semaine afin de m'instruire un peu. Sœur Marie-Aimée paraissait vraiment heureuse ; elle ne savait comment exprimer sa reconnaissance.

Il fut convenu que j'entrerais chez Mlle Maximilienne aussitôt que M. le curé serait de retour d'un voyage qu'il devait faire à Rome. Sœur Marie-Aimée allait s'occuper de mon trousseau, et Mlle Maximilienne irait trouver la supérieure pour obtenir la permission.

L'idée que la supérieure allait s'occuper de moi me causa un véritable malaise. Je ne pouvais m'empêcher de penser au mauvais regard qu'elle lançait de notre côté, quand elle passait près du vieux banc où venait s'asseoir M. le curé.

Aussi j'attendais avec impatience la réponse qu'elle donnerait à Mlle Maximilienne.

M. le curé était parti depuis une semaine, et sœur Marie-Aimée m'entretenait chaque jour de mon nouvel emploi. Elle me disait combien elle serait contente de me voir le dimanche. Elle me faisait mille recommandations, et me donnait toutes sortes de conseils au sujet de ma santé.

Un matin, la supérieure me fit demander.

En entrant chez elle, je vis qu'elle était assise dans un grand fauteuil rouge. Des histoires de revenants que j'avais entendu raconter sur elle me revinrent à la mémoire ; et à la voir, toute noire au milieu de tout ce rouge, je la comparai à un monstrueux pavot qui aurait poussé dans un souterrain.

Elle abaissa et releva plusieurs fois les paupières. Elle avait un sourire qui ressemblait à une insulte. Je sentis que je rougissais très fort et malgré cela je ne détournai pas les yeux.

Elle eut un petit ricanement, et dit :

— Vous savez pourquoi je vous ai fait appeler ?

Je répondis que je pensais que c'était pour me parler de Mlle Maximilienne.

Elle ricana encore.

— Ah ! oui, Mlle Maximilienne ; eh bien ! détrompez-vous. Nous avons décidé de vous placer dans une ferme de la Sologne.

Elle ferma ses yeux à demi pour me dire :

— Vous serez bergère, mademoiselle !

Elle ajouta, en appuyant sur les mots :

— Vous garderez les moutons.

Je dis simplement :

— Bien, ma mère.

Elle remonta des profondeurs de son fauteuil, et demanda :

— Vous savez ce que c'est que garder les moutons ?

Je répondis que j'avais vu des bergères dans les champs.

Elle avança vers moi sa figure jaune, et reprit :

— Il vous faudra nettoyer les étables. Cela sent très mauvais ; et les bergères sont des filles malpropres. Puis vous aiderez aux travaux de la ferme, on vous apprendra à traire les vaches, et à soigner les porcs.

Elle parlait très fort, comme si elle craignait de n'être pas comprise.

Je répondis comme tout à l'heure :

— Bien, ma mère.

Elle se haussa sur les bras de son fauteuil ; et, en me fixant de ses yeux luisants, elle dit encore :

— Vous n'êtes donc pas fière ?

Je souris d'un air indifférent.

— Non, ma mère.

Elle parut profondément étonnée ; mais, comme je continuais de sourire avec indifférence, sa voix devint moins dure pour me dire :

— Vraiment, mon enfant ? J'avais toujours cru que vous étiez orgueilleuse.

Elle se renfonça dans son fauteuil, cacha ses yeux sous ses paupières, et se mit à parler d'une voix monotone, comme quand elle récitait les prières. Elle disait : qu'on devait obéir à ses maîtres, ne jamais manquer à ses devoirs de religion, et que la fermière viendrait me chercher la veille du jour de la Saint-Jean.

Je sortis de chez elle avec des sentiments que je n'aurais pu exprimer. Mais ce qui dominait en moi, c'était la crainte de faire de la peine à sœur Marie-Aimée. Comment lui dire cela ?

Je n'eus guère le temps de la réflexion. Elle m'attendait à l'entrée de notre couloir; elle me saisit aux épaules et, en baissant son visage vers le mien, elle dit :

— Eh bien ?

Elle avait un regard inquiet qui commandait la réponse. Je dis tout de suite :

— Elle ne veut pas, et je serai bergère.

Elle ne comprit pas. Elle fronça les sourcils.

— Comment cela, bergère ?

Je repris très vite :

— Elle m'a trouvé une place dans une ferme, et puis je trairai les vaches et je soignerai les porcs.

Sœur Marie-Aimée me repoussa si violemment que je me cognai au mur.

Elle s'élança vers la porte; je crus qu'elle courait chez la supérieure, mais elle ne fit que quelques pas dehors; elle rentra, et se mit à marcher à grands pas dans le couloir. Elle serrait les poings et frappait du pied; elle tournait sur elle-même et respirait fortement. Puis elle s'adossa contre le mur, laissa tomber ses bras comme si elle était accablée, et, d'une voix qui semblait venir de loin, elle dit :

— Elle se venge, ah oui, elle se venge !

Elle revint vers moi, me prit affectueusement les mains et demanda :

— Tu ne lui as donc pas dit que tu ne voulais pas ? Tu ne l'as donc pas suppliée de te laisser aller chez Mlle Maximilienne ?

Je secouai la tête pour dire non; et je répétai tout à la file et avec les mêmes mots tout ce que m'avait dit la supérieure.

Elle m'écouta sans m'interrompre. Puis elle me recommanda le silence auprès de mes compagnes. Elle pensait que cela s'arrangerait aussitôt que M. le curé serait de retour.

Le dimanche suivant, comme nous prenions nos rangs pour la messe, Madeleine entra comme une folle dans la salle ; elle leva les bras en criant :

— Monsieur le curé est mort.

Et elle s'abattit en travers de la table qui était auprès d'elle.

Tous les bruits s'arrêtèrent, on courut à Madeleine qui poussait des cris aigus. On voulait tout savoir. Mais elle se berçait sur la table en disant d'une voix désolée :

— Il est mort, il est mort.

Je ne pensais à rien ; je ne savais pas si j'avais de la peine, et, pendant tout le temps de la messe, la voix de Madeleine sonna comme une cloche à mes oreilles.

Il ne fut pas question de promenade ce jour-là ; les plus petites même restèrent silencieuses. Je me mis à la recherche de sœur Marie-Aimée. Elle n'avait pas assisté aux offices, et je savais par Marie Renaud qu'elle n'était pas malade.

Je la trouvai dans le réfectoire. Elle était assise sur son estrade, sa tête était appuyée de côté sur la table, et ses bras pendaient le long de sa chaise.

J'allai m'asseoir assez loin d'elle ; et d'entendre sa plainte si profonde, je me mis à sangloter aussi, en cachant ma figure dans mes mains. Mais cela ne dura pas longtemps, et je sentis bien que je n'avais pas de chagrin. Je fis même des efforts pour pleurer, mais il me fut impossible de continuer à verser une seule larme. J'avais un peu honte de moi parce que je croyais qu'on devait pleurer quand quelqu'un mourait ; et je n'osais pas découvrir mon visage dans la crainte que sœur Marie-Aimée crût que j'avais mauvais cœur.

Maintenant, je l'écoutais pleurer. Ses longues plaintes me rappelaient le vent d'hiver dans la grande cheminée. Cela montait et descendait comme si elle eût voulu composer une sorte de chant ; puis cela se heurtait, se cassait, et finissait en notes basses et tremblées.

Un peu avant l'heure du dîner, Madeleine entra dans le réfectoire. Elle emmena sœur Marie-Aimée en la soutenant avec précaution.

Dans la soirée, elle nous raconta que M. le curé était mort à Rome, et qu'on allait le ramener pour le mettre dans son caveau de famille.

Le lendemain, sœur Marie-Aimée s'occupa de nous comme d'habitude. Elle ne pleurait plus, mais elle ne souffrait pas qu'on lui parlât ; elle marchait en regardant la terre et paraissait m'avoir oubliée.

Cependant, je n'avais plus qu'un jour à rester ici. D'après ce que m'avait dit la supérieure, la fermière viendrait me chercher demain, puisque c'était après-demain le jour de la Saint-Jean.

Le soir, à la fin de la prière, lorsque sœur Marie-Aimée eut dit : « Seigneur, prenez en pitié les exilés, et secourez les prisonniers », elle ajouta à voix très haute :

— Nous allons dire une prière pour une de vos compagnes qui s'en va dans le monde.

Je compris tout de suite qu'il s'agissait de moi, et je me trouvai aussi à plaindre que les exilés et les prisonniers.

Il me fut impossible de m'endormir ce soir-là. Je savais que je partirais demain ; mais je ne savais pas ce que c'était que la Sologne. J'imaginais un pays très éloigné où il n'y avait que des plaines toutes fleuries. Je me voyais la gardienne d'un troupeau de beaux moutons blancs, et j'avais deux chiens à mes côtés qui n'attendaient qu'un signe pour faire ranger les bêtes. Je n'aurais pas osé le dire à sœur Marie-Aimée, mais, en ce moment, je préférais être bergère plutôt que demoiselle de magasin.

Ismérie, qui ronflait très fort à côté de moi, ramena ma pensée vers mes compagnes.

La nuit était si claire que je voyais distinctement tous les lits. Je les suivais un à un, et je m'arrêtais un peu près de celles que j'aimais. Presque en face de moi je voyais les magnifiques cheveux de ma camarade Sophie : ils s'éparpillaient sur l'oreiller, et faisaient davantage de clarté sur son lit. Un peu plus loin, c'étaient les lits de Chemineau l'Orgueilleuse et de sa sœur jumelle, Chemineau la Bête. Chemineau l'Orgueilleuse avait un grand front blanc et lisse, et de grands yeux doux. Elle ne se défendait jamais quand on l'accusait d'une faute ; elle haussait les épaules et regardait autour d'elle avec mépris.

Sœur Marie-Aimée disait que sa conscience était aussi blanche que son front.

Chemineau la Bête était de moitié plus haute que sa sœur ; ses cheveux rudes rejoignaient presque ses sourcils ; elle était carrée des épaules et large des hanches ; nous l'appelions le chien de garde de sa sœur.

Et tout là-bas, à l'autre bout du dortoir, il y avait Colette.

Elle croyait toujours que j'allais chez Mlle Maximilienne. Elle était persuadée que je me marierais très jeune, et elle m'avait fait promettre de venir la chercher aussitôt que je serais mariée.

Ma pensée tourna longtemps autour d'elle. Puis je regardai vers la fenêtre : les ombres des tilleuls s'allongeaient de mon côté. J'imaginais qu'ils venaient me dire adieu, et je leur souriais.

De l'autre côté des tilleuls, j'apercevais l'infirmerie ; elle paraissait se reculer, et ses petites fenêtres me faisaient penser à des yeux malades.

Là aussi, je m'arrêtais à cause de la sœur Agathe. Elle était si gaie et si bonne que les petites filles riaient toujours quand elle les grondait.

C'était elle qui faisait les pansements.

Quand on venait la trouver pour un bobo au doigt, elle nous recevait avec des mots drôles ; et, selon qu'on était gourmande ou coquette, elle promettait un gâteau ou un ruban qu'elle désignait d'un vague signe de tête ; et, pendant que le regard cherchait le gâteau ou le ruban, le bobo se trouvait percé, lavé, et pansé.

Je me souvenais d'une engelure que j'avais eue au pied, et qui ne voulait pas se guérir. Un matin, sœur Agathe m'avait dit d'un air grave :

— Ecoute, je vais t'y mettre quelque chose de divin, et si ton pied n'est pas guéri dans trois jours, on sera obligé de te le couper.

Et, pendant trois jours, j'avais évité de marcher pour ne pas déranger cette chose divine qui était sur mon pied. Je pensais à un bout de la vraie croix ou à un morceau du voile de la Vierge.

Le troisième jour, mon pied était complètement guéri, et quand je demandai le nom de ce remède merveilleux, sœur Agathe me répondit avec un rire malicieux :

— Bête, c'était de l'onguent Arthur Divain.

La nuit était très avancée quand je m'endormis, et dès le matin j'attendis la fermière. J'aurais voulu qu'elle vînt, et j'avais peur de la voir venir.

Sœur Marie-Aimée relevait brusquement la tête chaque fois que quelqu'un ouvrait la porte.

Comme nous finissions de dîner, la portière vint demander si j'étais prête à partir.

Sœur Marie-Aimée la renvoya en disant que je serais prête dans un instant.

Elle se leva en me faisant signe de la suivre. Elle m'aida à m'habiller, me remit un petit paquet de linge, et dit tout à coup :

— C'est demain qu'on le ramène, et tu ne seras plus là.

Elle reprit en me regardant dans les yeux :

— Jure-moi que tu diras tous les soirs un *de profundis* pour lui.

Je jurai.

Alors elle me serra avec violence sur sa poitrine, et elle se sauva vers sa chambre.

Puis j'entendis qu'elle disait :

— Oh ! c'est trop, mon Dieu, c'est trop !

Je traversai la cour toute seule, et la fermière, qui m'attendait, m'emmena aussitôt.

Deuxième partie

Je me trouvai bientôt installée au milieu de paniers vides dans une voiture couverte d'une bâche, et quand le cheval s'arrêta de lui-même dans la cour de la ferme, il y avait déjà longtemps qu'il faisait nuit.

Le fermier sortit de la maison avec une lanterne qu'il balançait au bout de son bras et qui n'éclairait que ses sabots ; il s'approcha de nous et m'aida à descendre de la voiture, puis il haussa sa lanterne jusqu'à ma figure et il dit en se reculant :

— Quelle drôle de petite servante !

La fermière me conduisit dans une chambre où il y avait deux lits. Elle me montra le mien et me dit que le lendemain je resterais seule avec le vacher, parce que tout le monde irait à la fête de la Saint-Jean.

Dès que je fus levée, le lendemain, le vacher m'emmena dans les étables, pour l'aider à donner le fourrage aux bêtes ; il me montra la bergerie et m'apprit que je serais bergère d'agneaux à la place de la vieille Bibiche. Il m'expliqua que chaque année on séparait les agneaux d'avec leur mère et qu'il fallait une deuxième bergère pour les garder. Il m'apprit aussi que la ferme s'appelait Villevieille, et que personne n'était malheureux ici parce que maître Sylvain et Pauline, sa femme, étaient de braves gens.

Quand toutes les bêtes furent soignées, le vacher me

fit asseoir près de lui dans l'allée des châtaigniers. De là on voyait le tournant du chemin qui montait vers la route et tout l'intérieur de la ferme. Les bâtiments formaient un carré, et l'énorme fumier qui était au milieu dégageait une odeur chaude qui dominait l'odeur des foins à moitié séchés.

Un grand silence s'étendait autour de la ferme, et de tous côtés on ne voyait que des sapins et des champs de blé. Il me semblait que je venais d'être transportée dans un pays perdu, et que je resterais toujours seule avec le vacher et les bêtes que j'entendais remuer dans les étables. Il faisait très chaud, j'étais comme engourdie par une lourde envie de dormir ; mais la peur de tout ce qui m'entourait m'empêchait de céder au sommeil. Des mouches de toutes couleurs tournaient autour de moi en ronflant. Le vacher tressait une corbeille de jonc, et les chiens dormaient tranquillement.

Au coucher du soleil, la voiture qui ramenait les fermiers parut au détour du chemin. Il y avait cinq personnes dans la voiture, deux hommes et trois femmes. En passant devant moi la fermière me sourit et les autres se penchèrent pour me voir. Peu après la ferme s'emplit de bruit et, comme il était trop tard pour faire la soupe, tout le monde dîna d'un morceau de pain et d'un bol de lait.

Dès le lendemain, la fermière me remit un manteau de grosse toile, et je suivis la vieille Bibiche pour apprendre à garder les agneaux.

La vieille Bibiche et sa chienne Castille avaient une si grande ressemblance que je pensais toujours qu'elles étaient de la même famille. Elles paraissaient du même âge, et leurs yeux troubles étaient de la même couleur. Quand les agneaux s'écartaient du chemin, Bibiche disait : « Jappe, Castille, jappe. » Elle répétait cela très vite, comme un seul mot, et même quand Castille ne jappait pas, les agneaux se rangeaient, tant la voix de la vieille ressemblait à celle de sa chienne.

Lorsqu'on commença la moisson, il me sembla que j'assistais à une chose pleine de mystère. Des hommes s'approchaient du blé et le couchaient par terre à grands coups réguliers pendant que d'autres le relevaient en gerbes qui s'appuyaient les unes contre les autres... Les cris des moissonneurs semblaient parfois venir d'en haut, et je ne pouvais m'empêcher de lever la tête pour voir passer les chars de blé dans les airs.

Le repas du soir réunissait tout le monde. Chacun se plaçait à sa guise le long de la table, et la fermière remplissait les assiettes jusqu'au bord. Les jeunes mordaient à pleines dents dans leur pain, tandis que les vieux coupaient précieusement chaque bouchée. Tous mangeaient en silence, et le pain bis paraissait plus blanc dans leurs mains noires.

A la fin du repas, les plus âgés parlaient des récoltes avec le fermier, pendant que les jeunes causaient et riaient avec Martine la grande bergère. C'était elle qui donnait le pain et versait le vin. Elle répondait en riant à toutes les plaisanteries, mais quand un garçon avançait la main vers elle, elle s'effaçait vivement et ne se laissait jamais saisir. Personne ne faisait attention à moi ; je m'asseyais sur des bûches un peu à l'écart, et je regardais les visages. Maître Sylvain avait de grands yeux noirs qui s'arrêtaient tranquillement sur chacun ; il parlait sans élever la voix, en appuyant ses mains ouvertes sur la table. La fermière avait un visage sérieux et préoccupé ; on eût dit qu'elle redoutait toujours un malheur, et c'est à peine si elle souriait quand les autres riaient aux éclats.

La vieille Bibiche croyait toujours que je m'endormais. Elle venait me tirer par la manche pour m'emmener coucher. Son lit était à côté du mien ; elle chuchotait sa prière en se déshabillant, et elle soufflait la lampe sans s'occuper de moi.

Aussitôt après la moisson, elle me laissa aller seule au champ avec sa chienne. Castille s'ennuyait avec moi ; elle me quittait à chaque instant pour retourner à la ferme près de sa vieille maîtresse.

J'avais beaucoup de peine à rassembler mes agneaux, qui couraient de tous côtés. Je me comparais à sœur Marie-Aimée quand elle disait que son petit troupeau était difficile à gouverner ; et cependant elle nous rassemblait d'un coup de cloche, ou elle obtenait le silence en grossissant un peu la voix ; mais moi, j'avais beau grossir ma voix ou faire claquer mon fouet, les agneaux ne comprenaient pas, et j'étais obligée de courir comme un chien autour du troupeau.

Un soir, il se trouva qu'il m'en manquait deux. Chaque soir, je me mettais en travers de la porte pour n'en laisser entrer qu'un à la fois ; ainsi je les comptais facilement.

J'entrai dans la bergerie et j'essayai de les compter encore ; ce n'était pas facile et je dus y renoncer, car j'en trouvais toujours plus qu'il n'en fallait.

Je me persuadai que j'avais mal compté la première fois, et je n'en dis rien à personne. Le lendemain, je les comptai en les faisant sortir de la bergerie : il en manquait bien deux.

J'étais très inquiète ; toute la journée, je les cherchai

dans les champs, et le soir, après m'être assurée qu'ils manquaient toujours, j'en avertis la fermière. On fit des recherches pendant plusieurs jours, mais les agneaux restèrent introuvables. Alors les fermiers me prirent à part l'un après l'autre. Ils voulaient me faire avouer que des hommes étaient venus prendre les agneaux, et ils m'assuraient que je ne serais pas grondée si je disais la vérité. J'avais beau affirmer que je ne savais pas ce qu'ils étaient devenus, je voyais bien qu'on ne me croyait pas.

Maintenant, j'avais peur dans les champs, depuis que je savais que des hommes pouvaient se cacher pour prendre les moutons ; je croyais toujours voir remuer quelqu'un derrière les buissons.

J'appris très vite à les compter des yeux ; et qu'ils fussent dispersés ou rapprochés les uns des autres, en une minute je savais si le compte y était.

L'automne arriva et je m'ennuyais davantage. Je regrettais les caresses de sœur Marie-Aimée. J'avais une si grande envie de la voir qu'il m'arrivait de fermer les yeux en imaginant qu'elle venait dans le sentier; j'entendais réellement ses pas et le bruissement de sa robe sur l'herbe; lorsque je la sentais tout près de moi, j'ouvrais les yeux et aussitôt tout s'effaçait.

Pendant longtemps j'eus l'idée de lui écrire, mais je n'osais pas demander ce qu'il fallait pour cela. La fermière ne savait pas écrire, et personne ne recevait de lettre à la ferme.

Je m'enhardis jusqu'à demander à maître Sylvain s'il voulait bien m'emmener un jour à la ville. Il ne répondit pas tout de suite; il fixa sur moi ses grands yeux tranquilles, et il dit qu'une bergère ne devait jamais quitter son troupeau. Il voulait bien me conduire de temps en temps à la messe du village, mais il ne fallait pas compter qu'il m'emmènerait à la ville.

J'en restai tout étourdie. C'était comme si j'avais appris un grand malheur et, chaque fois que j'y pensais, je voyais sœur Marie-Aimée comme une chose très précieuse que le fermier aurait brisée par mégarde.

Le samedi d'après, je vis partir les fermiers dès le matin comme d'habitude; mais, au lieu de rester jusqu'au soir, ils étaient de retour dans l'après-midi avec un marchand qui venait acheter une partie des agneaux.

Je n'avais jamais pensé qu'on pût aller à la ville en si peu de temps ; l'idée me vint de laisser un jour mes moutons dans le pré pour courir embrasser sœur Marie-Aimée. Je trouvai bientôt que cela n'était pas possible, et je décidai de m'en aller pendant la nuit. J'espérais que je ne mettrais pas beaucoup plus de temps que le cheval du fermier, et qu'en partant au milieu de la nuit, je pourrais être de retour pour mener les agneaux aux champs.

Je me couchai tout habillée ce soir-là, et quand la grosse horloge sonna minuit, je sortis tout doucement avec mes souliers à la main. Je laçai mes souliers à tâtons en m'appuyant contre une charrue, et je m'éloignai très vite dans l'obscurité.

Aussitôt que j'eus dépassé les bâtiments de la ferme, je m'aperçus que la nuit n'était pas très noire. Le vent soufflait furieusement et de gros nuages roulaient sous la lune. La route était loin, et pour y arriver il fallait passer sur un pont de bois à moitié démoli ; les premières pluies avaient grossi la petite rivière, et l'eau passait par-dessus les planches.

La peur me prit, parce que l'eau et le vent faisaient un bruit que je n'avais jamais entendu. Mais je ne voulais pas avoir peur, et je traversai vivement les planches glissantes.

J'arrivai à la route plus vite que je ne pensais ; je tournai à gauche comme je l'avais vu faire au fermier quand il allait au marché de la ville. Et voilà qu'un peu plus loin la route se séparait en deux. Je ne savais plus laquelle prendre. Je m'engageai tantôt dans l'une, tantôt dans l'autre. Celle de gauche m'attirait davantage ; je la pris et je marchai très vite pour rattraper le temps perdu.

Dans le lointain, j'apercevais une masse noire qui couvrait tout le pays. Cela semblait s'avancer lentement vers moi et, pendant un instant, j'eus envie de retourner sur mes pas. Un chien qui se mit à aboyer me rendit un peu de confiance, et presque aussitôt je reconnus que la masse noire était une forêt que la route allait traverser. En y entrant, il me sembla que le vent était encore plus violent; il soufflait par rafales, et les arbres, qui se heurtaient avec force, faisaient entendre des plaintes en se penchant très bas. J'entendais de longs sifflements, des craquements et des chutes de branches; puis j'entendis marcher derrière moi, et je sentis qu'on me touchait à l'épaule. Je me retournai vivement, mais je ne vis personne. Pourtant j'étais sûre que quelqu'un m'avait touchée du doigt; puis les pas continuaient comme si une personne invisible tournait autour de moi; alors je me mis à courir avec une telle vitesse que je ne sentais plus si mes pieds touchaient la terre. Les cailloux sautaient sous mes souliers et retombaient derrière moi avec un bruit de grêle. Je n'avais qu'une idée : courir jusqu'au bout de la forêt.

J'arrivai bientôt à une grande clairière. La lune l'éclairait de tout son plein, et le vent qui faisait rage soulevait et rejetait les paquets de feuilles qui roulaient et tournaient dans tous les sens.

Je voulais m'arrêter pour respirer un peu; mais les grands arbres se balançaient avec un bruit assourdissant. Leurs ombres, qui ressemblaient à des bêtes noires, s'allongeaient brusquement sur la route, puis elles s'éloignaient en glissant pour se cacher derrière les arbres. Quelques-unes de ces ombres avaient des formes que je reconnaissais. Mais la plupart se balançaient et sautaient devant moi comme si elles voulaient m'empêcher de passer. Il y en avait de si effrayantes que je prenais mon élan pour sauter par-dessus, tant j'avais peur de les sentir sous mes pieds.

Le vent s'apaisa, et la pluie se mit à tomber à larges gouttes. La clairière finissait et, en passant devant un chemin qui entrait sous bois, il me sembla voir un mur blanc tout au bout ; je m'avançai un peu et je reconnus que c'était une petite maison étroite et haute. Sans plus réfléchir, je cognai à la porte ; je voulais demander que l'on me garde en attendant que la pluie ait cessé. Je cognai une seconde fois, et aussitôt j'entendis remuer dans la maison. Je croyais qu'on allait m'ouvrir la porte, mais ce fut la fenêtre du premier étage qui s'ouvrit. Un homme qui avait un bonnet de coton demanda :

— Qui est là ?

Je répondis :

— Une petite fille.

L'homme reprit d'une voix étonnée : « Une petite fille ! », puis il me demanda d'où je venais, où j'allais, et ce que je voulais.

Je n'avais pas prévu toutes ces questions, et je nommai la ferme que je venais de quitter ; mais je mentis en disant que j'allais retrouver ma mère qui était malade, et je le priai de vouloir bien me faire entrer dans sa maison pendant la pluie.

Il me dit d'attendre et je l'entendis causer avec une autre personne ; puis il revint à la fenêtre pour me demander si j'étais seule. Il voulut aussi savoir mon âge, et quand je dis que j'avais treize ans, il trouva que je n'étais pas peureuse d'avoir traversé le bois pendant la nuit.

Il resta un moment penché comme s'il espérait voir mon visage que je tenais levé vers lui ; puis il tourna la tête à droite et à gauche en cherchant à voir dans la profondeur du bois; et il me conseilla de marcher encore un peu, en m'assurant qu'il y avait un village au bout de la forêt, et que je trouverais des maisons où je pourrais me sécher.

Je m'en retournai dans la nuit. La lune s'était tout à fait cachée et la pluie tombait maintenant très fine. Je marchai encore longtemps avant d'arriver au village. Les maisons étaient toutes fermées, et c'est à peine si on les distinguait dans l'obscurité. Il n'y avait que le forgeron qui était levé. En passant devant sa maison, je montai ses deux marches avec l'intention de me reposer chez lui. Il était occupé à mettre une grosse barre de fer dans les charbons rouges; et quand il leva le bras pour tirer le soufflet, il me parut aussi grand qu'un géant.

A chaque coup de soufflet le charbon flambait et pétillait; cela faisait une lueur qui éclairait les murs où pendaient des faux, des scies et des lames de toutes sortes. L'homme avait le front plissé et il regardait fixement le feu.

Je sentis que je n'oserais jamais lui parler et je m'éloignai sans faire de bruit.

Lorsqu'il fit tout à fait jour, je vis que je n'étais plus éloignée de la ville. Je reconnaissais même les endroits où sœur Marie-Aimée nous conduisait dans nos promenades. Je ne marchais plus que lentement, en traînant les pieds qui me faisaient beaucoup souffrir. J'étais si lasse que je fus obligée de me faire violence pour ne pas m'asseoir sur les tas de cailloux de la route.

Le bruit d'une voiture allant à fond de train me fit retourner la tête : aussitôt je restai immobile et le cœur battant; j'avais reconnu la jument rouge et la barbe noire du fermier. Il arrêta sa bête tout contre moi, et, en se penchant un peu, il me saisit d'une seule main par la ceinture de ma robe. Il me déposa à côté de lui sur le siège et, après avoir tourné bride, la voiture repartit à grand train.

En rentrant dans la forêt, maître Sylvain mit la jument au pas. Il se retourna vers moi et dit en me regardant :

— C'est heureux pour toi que je t'aie rattrapée ; sans cela on t'aurait ramenée entre deux gendarmes.

Comme je ne répondais pas, il reprit :

— Tu ne sais peut-être pas qu'il y a des gendarmes pour ramener les petites filles qui se sauvent ?

Je répondis :

— Je veux aller voir sœur Marie-Aimée.

Il demanda :

— Tu es donc malheureuse chez nous ?

Je répondis encore :

— Je veux aller voir sœur Marie-Aimée.

Il avait l'air de ne pas comprendre, et il continuait ses questions, en nommant chaque personne de la ferme pour savoir de qui j'avais à me plaindre. Et chaque fois je répondais la même chose.

A la fin il perdit patience, et se redressa en disant :

— Quelle entêtée !

Je levai les yeux sur lui pour dire que je me sauverais encore s'il ne voulait pas me conduire vers sœur Marie-Aimée. Je continuai de le regarder en attendant sa réponse, et je vis bien qu'il était embarrassé. Il resta un long moment à réfléchir ; puis il me dit en mettant sa main sur mon genou :

— Ecoutez-moi, ma petite, et tâchez de comprendre ce que je vais vous dire.

Et quand il eut fini de parler, je sus qu'il avait pris l'engagement de me garder jusqu'à l'âge de dix-huit ans, sans jamais m'emmener à la ville. Je sus aussi que la supérieure avait tous les droits sur moi, et que, si je me sauvais encore, elle ne manquerait pas de me faire enfermer sous prétexte que je courais les bois toute seule pendant la nuit. Il termina en disant qu'il espérait que j'oublierais le couvent, et que je me prendrais d'affection pour lui et sa femme, qui ne voulaient que mon bien.

J'étais très troublée, et je retenais une grosse envie de pleurer.

— Allons, dit le fermier, en me tendant la main, soyons bons amis, voulez-vous ?

Je lui donnai ma main, et pendant qu'il la serrait un peu fort, je répondis :

— Je veux bien.

Il fit claquer son fouet, et on eut bientôt dépassé la forêt.

La pluie tombait toujours, fine comme un brouillard, et les labours paraissaient encore plus noirs.

Dans une pièce de terre qui touchait à la route, un homme venait vers nous en faisant de grands gestes. Pendant un instant, je crus qu'il me menaçait, mais, quand il fut près, je vis qu'il serrait quelque chose dans son bras gauche, pendant que le bras droit faisait le geste de faucher à la hauteur de sa tête. J'étais si intriguée que je regardai maître Sylvain. Au même instant, il dit comme s'il me répondait :

— C'est Gaboret qui fait ses semailles.

Quelques instants après, nous arrivions à la ferme.

La fermière nous attendait sur le pas de la porte. En m'apercevant, elle ouvrit la bouche comme si elle était restée longtemps sans respirer, et son visage sérieux perdit un moment son air inquiet. Je passai devant elle pour prendre mon manteau, et j'allai droit à la bergerie.

Les moutons sortirent en se bousculant. Ils auraient dû être aux champs depuis longtemps déjà.

Tout le jour je pensai à ce que m'avait dit le fermier. Je ne comprenais pas pourquoi la supérieure voulait m'empêcher de voir sœur Marie-Aimée. Mais je comprenais que sœur Marie-Aimée ne pouvait plus rien pour moi, et je me résignais en pensant qu'un jour viendrait où personne ne pourrait m'empêcher de la rejoindre.

A l'heure du coucher, la fermière m'accompagna pour mettre une couverture de plus sur mon lit ; et après m'avoir souhaité le bonsoir, elle me défendit de lui dire madame : elle voulait que je l'appelle tout simplement Pauline ; puis elle s'en alla après m'avoir dit que j'étais un peu l'enfant de la maison, et qu'elle ferait tout son possible pour que je m'habitue à la ferme.

Le lendemain, maître Sylvain me fit asseoir à table à côté de son frère. Il lui dit en riant qu'il ne fallait pas me laisser jeûner, parce que j'avais bien besoin de grandir.

Le frère du fermier s'appelait Eugène ; il parlait très peu, mais il regardait toujours ceux qui parlaient, et ses petits yeux avaient souvent l'air de se moquer. Il avait trente ans, mais il n'en paraissait pas beaucoup plus de vingt. Il savait toujours répondre à ce qu'on lui demandait, et je ne sentais aucune gêne près de lui.

Il se serra près du mur pour me faire plus de place à table, et il répondit seulement au fermier :

— Sois tranquille.

Maintenant que tous les champs étaient labourés, Martine menait ses brebis très loin sur des pâturages qu'elle appelait « Les Communs ». Le vacher et moi menions nos bêtes le long des prés et dans les bois où il y avait de la bruyère. Je souffrais beaucoup du froid, malgré un grand manteau de laine qui me couvrait jusqu'aux pieds. Le vacher allumait souvent du feu ; il partageait avec moi les pommes de terre et les châtaignes qu'il faisait cuire sur les charbons. Il m'apprenait à connaître de quel côté venait le vent, afin de profiter du plus petit abri contre le froid, et, tout en nous chauffant, il me chantait la chanson de l'Eau et du Vin.

C'était une chanson qui avait au moins vingt couplets. L'eau et le vin s'accusaient réciproquement de faire le malheur du genre humain, tout en s'adressant à eux-mêmes les plus grands éloges. Moi, je trouvais que c'était l'eau qui avait raison, mais le vacher disait que le vin n'avait pas tort non plus. Nous restions de longues heures ensemble. Il me parlait de son pays qui était très éloigné de la Sologne. Il me raconta qu'il avait toujours été vacher, et qu'un taureau l'avait roulé et blessé quand il était encore enfant. Il en était resté longtemps malade, avec des douleurs qui le faisaient crier ; puis les douleurs avaient fini par s'en aller, mais il était devenu tout tordu comme je le voyais. Il se souvenait du nom de toutes les fermes où il avait été vacher. Les gens étaient méchants ou bons, mais jamais il n'avait trouvé de si bons maîtres qu'à Villevieille. Il trouvait aussi que les vaches de maître Sylvain ne ressemblaient pas à celles de son pays, qui étaient petites, avec des cornes pointues comme des fuseaux. Celles-ci étaient grandes et fortes, avec des cornes rugueuses et sans finesse. Il les aimait et leur parlait en les nommant par leur nom. Sa préférée était une belle vache blanche que maître Sylvain avait achetée au printemps. A tout instant elle levait la tête et regardait au loin, et tout d'un coup elle partait, le mufle tendu. Le vacher criait à pleine voix :

— Arrête, la Blanche, arrête !

Le plus souvent elle s'arrêtait d'elle-même, mais il y avait des moments où il fallait lui envoyer le chien. Il lui arrivait aussi de lutter contre lui pour passer quand même, et c'était seulement quand il la mordait au mufle qu'elle rentrait dans le troupeau.

Le vacher la plaignait et disait :

— On ne sait pas ce qu'elle regrette.

Au mois de décembre, les vaches restèrent tout à fait à l'étable. Je croyais qu'il en serait de même des moutons. Mais le frère du fermier m'expliqua que la Sologne était un pays très pauvre, et que les fermiers ne récoltaient pas assez de fourrages pour nourrir toutes leurs bêtes.

A présent je m'en allais seule le long des prés et dans les bois. Tous les oiseaux étaient partis. Le brouillard s'étendait sur les terres labourées, et les bois étaient pleins de silence. Il y avait des jours où je me sentais si abandonnée que je croyais que la terre s'était écroulée autour de moi, et quand un corbeau passait en criant dans le ciel gris, sa voix forte et enrouée semblait m'annoncer les malheurs du monde.

Les moutons eux-mêmes ne sautaient plus. Le marchand avait emmené tous les mâles, et les petites femelles ne savaient plus jouer entre elles. Elles marchaient serrées les unes contre les autres et, même quand elles ne mangeaient pas, elles restaient la tête baissée.

Quelques-unes me faisaient penser à des petites filles que j'avais connues. Je les caressais en les forçant à lever la tête : mais leurs yeux restaient tournés en bas, et leurs prunelles fixes ressemblaient à du verre sans reflet.

Un jour, je fus surprise par un brouillard si épais

qu'il me fut impossible de reconnaître mon chemin. Je me trouvai tout à coup auprès d'un grand bois qui m'était inconnu. Le haut des arbres se perdait complètement dans le brouillard, et les bruyères paraissaient toutes enveloppées de laine. Des formes blanches descendaient des arbres et glissaient sur les bruyères en longues traînées transparentes.

Je poussai les moutons vers le pré qui était à côté; mais ils se tassèrent et refusèrent d'avancer. Je passai devant eux pour voir ce qui les empêchait d'aller plus loin, et je reconnus la petite rivière qui coulait au bas de la colline. C'est à peine si on voyait l'eau; elle avait l'air de dormir sous une épaisse couverture de laine blanche. Je restai un long moment à la regarder; puis je ramenai mes moutons le long du bois. Pendant que je cherchais à reconnaître de quel côté se trouvait la ferme, les moutons contournèrent le bois, et ils se trouvèrent bientôt sur un chemin bordé de haies. Le brouillard s'épaissit encore, et il me sembla que je marchais entre deux hautes murailles. Je suivais les moutons sans savoir où ils me menaient. Ils quittèrent brusquement le chemin pour tourner à droite, mais je les arrêtai aussitôt: je venais d'apercevoir l'entrée d'une église. Les portes en étaient grandes ouvertes, et de chaque côté on voyait deux lumières rouges qui éclairaient la voûte grise. D'énormes piliers se rangeaient en lignes droites, et tout au fond on devinait les fenêtres à petits carreaux qu'une lumière éclairait faiblement. J'avais beaucoup de mal à empêcher les moutons d'aller vers cette église et, tout en les repoussant, je m'aperçus qu'ils étaient couverts de petites perles blanches. Ils se secouaient à tout instant, et cela faisait comme un léger bruit de cliquetis. Je ne savais que penser de tout cela; puis une grande inquiétude me vint à l'idée que maître Sylvain devait m'attendre avec impatience. Je me persuadai qu'en retournant sur mes pas je retrouverais facilement la ferme, et, en faisant le moins de bruit possible, je repoussai les moutons sur le chemin qui m'avait amenée. Comme j'entrais dans ce chemin, une voix d'homme s'éleva près de moi. Elle disait :

— Laisse-les donc rentrer, ces pauvres bêtes.

Et en même temps, l'homme faisait retourner le troupeau vers l'église. Je reconnus tout de suite Eugène, le frère du fermier. Il passa sa main sur le dos d'un mouton en disant :

— Ils sont jolis avec leurs petites boules de givre, mais ce n'est pas bon pour eux.

Je ne fus pas étonnée de le rencontrer là. Je lui montrai l'église en demandant ce que c'était.

— C'était pour toi, me répondit-il. Je craignais que tu ne retrouves pas l'allée des châtaigniers, et j'avais suspendu une lanterne de chaque côté.

Quelque chose se brouilla dans ma tête ; et ce ne fut qu'au bout d'un instant que je compris que ces gros piliers noircis et délabrés par le temps étaient tout simplement les troncs des châtaigniers. En même temps je reconnus les fenêtres à petits carreaux de la grande salle que le feu de la cheminée éclairait.

Eugène compta lui-même les moutons. Il m'aida à leur faire une chaude litière de paille et, au moment où je sortais de la bergerie, il me retint pour me demander si vraiment j'ignorais ce qu'étaient devenus les deux agneaux perdus. Je fus prise d'une grande honte en pensant qu'il pouvait croire que je mentais, et je ne pus m'empêcher de pleurer en lui assurant qu'ils avaient disparu sans que je m'en fusse aperçue. Alors il m'apprit qu'il les avait retrouvés noyés dans un trou d'eau.

Je crus qu'il allait me gronder pour ma négligence. Mais il me dit doucement :

— Va vite te chauffer. Tu rapportes dans tes cheveux tout le givre de la Sologne.

Je me promis d'aller voir le trou d'eau dès le lendemain. Mais, pendant la nuit, la neige tomba si épaisse, qu'il ne fallut pas penser aller aux champs. J'aidai la vieille Bibiche à raccommoder le linge, et Martine se mit à filer son rouet en chantant des complaintes.

Le soir, pendant la veillée, les chiens ne cessèrent d'aboyer avec fureur. Martine paraissait inquiète. Elle écouta les chiens, puis elle dit en se tournant vers le fermier :

— J'ai bien peur que ce temps-là nous amène des loups.

Le fermier se leva pour parler aux chiens, et il s'en alla faire le tour des étables avec sa lanterne.

Pendant les huit jours que dura la neige, il vint des centaines de corbeaux dans la ferme. Ils avaient si faim que rien ne pouvait les effrayer. Ils entraient dans les écuries et dans la grange, et ils dévastaient les meules de blé. Le fermier en tua beaucoup. On en mit cuire quelques-uns avec le lard et les choux. Tout le monde trouva que c'était très bon ; mais les chiens n'en voulurent jamais manger.

Le premier jour où l'on fit sortir les troupeaux, les sapins étaient encore tout chargés de neige. La colline était toute blanche aussi ; elle paraissait s'être beaucoup rapprochée de la ferme. Tout ce blanc m'éblouissait ; je ne trouvais plus les choses à leur place, et à chaque instant je craignais de ne plus apercevoir la fumée bleue qui montait au-dessus des toits de la ferme.

Les moutons ne trouvaient rien à manger ; ils couraient de tous côtés. Je ne les laissais pas s'écarter ; ils ressemblaient eux-mêmes à de la neige qui aurait bougé, et j'étais obligée de faire bien attention pour ne pas les perdre de vue. Je réussis à les rassembler le long d'un pré qui bordait un grand bois. Tout le bois était occupé à se débarrasser de la neige qui l'alourdissait : les grosses branches la rejetaient d'un seul coup, pendant que d'autres, plus faibles, se balançaient pour la faire glisser à terre.

Je n'étais jamais entrée dans ce bois. Je savais seulement qu'il était très étendu et que Martine y menait parfois ses brebis. Les sapins y étaient très grands et les bruyères très hautes.

Depuis un moment je regardais une grosse touffe de bruyère. Il m'avait semblé la voir remuer, en même temps qu'il en sortait un bruit comme si on avait cassé une brindille en marchant dessus.

J'eus tout de suite une inquiétude. Je pensai : « Il y a quelqu'un là. » Puis le même bruit se répéta beaucoup plus près, sans que rien ne bougeât. J'essayai de me rassurer en me disant que c'était un lièvre, ou une autre petite bête, qui cherchait sa nourriture. Mais, malgré toutes les bonnes raisons que je me donnais, je restais persuadée qu'il y avait quelqu'un là.

J'en ressentais une gêne si grande que je me décidai à me rapprocher de la ferme. Je fis deux pas vers mes moutons, mais au même moment ils se resserrèrent précipitamment en s'éloignant du bois.

Je cherchai vivement à voir ce qui avait pu les effrayer ainsi et, à deux pas de moi, au beau milieu du troupeau, je vis un chien jaune qui emportait un mouton dans sa gueule. Je pensai tout d'abord que Castille était devenue enragée, mais, dans le même instant, Castille se jeta dans mes jupes en poussant des hurlements plaintifs. Aussitôt je devinai que c'était un loup. Il emportait le mouton à pleine gueule, par le milieu du corps. Il grimpa sans effort sur le talus et, quand il sauta le large fossé qui le séparait du bois, ses pattes de derrière me firent penser à des ailes. A ce moment je n'aurais pas trouvé extraordinaire qu'il se fût envolé par-dessus les arbres.

Je restai quelques instants sans savoir si j'avais eu peur. Puis je sentis que je ne pouvais plus détourner mes yeux du fossé. Mes paupières étaient devenues si raides qu'il me sembla que je ne pourrais jamais plus les fermer. Je voulus crier pour qu'on m'entendît de la ferme, mais ma voix ne voulut pas sortir. Je voulus courir aussi, mais mes jambes tremblaient si fort que je fus forcée de m'asseoir sur la terre mouillée.

Castille continuait de hurler comme si elle recevait des coups, et les moutons restaient serrés en un tas.

Quand je pus les ramener à la ferme, je courus chercher maître Sylvain. En me voyant il devina tout de suite ce qui était arrivé. Il appela son frère et il décrocha les deux fusils, pendant que je tâchais de désigner l'endroit où le loup avait disparu. Ils revinrent à la nuit sans l'avoir retrouvé.

On ne parla que de cela pendant la veillée. Eugène voulait savoir comment était le loup, et la vieille Bibiche se fâcha quand je dis qu'il avait de longs poils jaunes comme Castille, mais qu'il était bien plus haut qu'elle.

Le lendemain, ce fut le tour de Martine. Elle venait de faire sortir ses brebis, et elle n'était pas encore au bout de l'allée des châtaigniers, quand on l'entendit pousser des cris étouffés.

Tout le monde sortit de la maison en courant. J'arrivai la première près de Martine. Elle était baissée, et elle tirait de toutes ses forces sur une brebis qu'un loup venait d'étrangler, et qu'il cherchait à emporter. Il tenait la brebis par le cou ; et il tirait de son côté aussi fort que la bergère.

Le chien de Martine le mordait férocement aux cuisses, mais il n'avait pas l'air de le sentir, et quand maître Sylvain lui tira un coup de fusil à bout portant, il roula en emportant dans sa gueule une partie du cou de la brebis.

Les yeux de Martine s'étaient agrandis, et sa bouche était devenue toute blanche. Son bonnet avait glissé de son chignon, et la raie qui séparait ses cheveux me fit penser à un sentier où l'on pouvait se promener sans danger. L'expression ferme de son visage s'était changée en une petite grimace douloureuse, et ses mains s'ouvraient et se fermaient d'un mouvement régulier. Elle cessa de s'appuyer au châtaignier pour se rapprocher d'Eugène qui regardait le loup. Elle resta un moment à le regarder aussi, et elle dit tout haut :

— Pauvre bête, comme il devait avoir faim !

Le fermier mit le loup et la brebis sur la même brouette, pour les ramener à la ferme. Les chiens suivaient en flairant d'un air craintif.

Pendant plusieurs jours, le fermier et son frère chassèrent dans les environs. Quand Eugène passait près de moi, il s'arrêtait toujours pour me dire un mot affectueux. Il m'affirmait que les coups de fusil éloignaient les loups, et qu'on en voyait rarement dans le pays. Malgré cela, je n'osai plus retourner vers le grand bois. Je préférais aller sur la colline qui était seulement recouverte de genêts et de bruyères.

Au commencement du printemps, la fermière m'apprit à traire les vaches et à soigner les porcs. Elle disait qu'elle voulait faire de moi une bonne fermière. Je ne pouvais m'empêcher de penser à la supérieure, quand elle m'avait dit d'un ton méprisant :

— Vous trairez les vaches, et vous soignerez les porcs !

Elle avait l'air de m'infliger une punition en disant cela, et voilà que je n'éprouvais que du contentement à m'occuper des bêtes. Pour me donner de la force, j'appuyais mon front contre le flanc de la vache, et bientôt mon seau s'emplissait. Il se formait au-dessus du lait une écume qui prenait des teintes changeantes, et, quand le soleil passait dessus, elle devenait si merveilleuse que je ne me lassais pas de la regarder.

Je n'éprouvais aucun dégoût à soigner les porcs. Leur nourriture se composait de pommes de terre cuites et de lait caillé. Je plongeais mes mains dans le seau pour bien mélanger le tout, et j'avais un grand plaisir à leur faire attendre un instant leur nourriture. Leurs cris discordants et les mouvements si vifs de leurs groins m'amusaient toujours.

Au mois de mai, maître Sylvain ajouta une chèvre à mon troupeau. Il l'avait achetée pour aider la fermière à nourrir le petit enfant qu'elle venait d'avoir après dix ans de mariage.

Cette chèvre était plus difficile à garder que le troupeau tout entier. Elle fut cause que mes moutons entrèrent dans l'avoine, qui était déjà haute.

Le fermier s'en aperçut, et il me gronda ; il m'accusait de m'endormir dans quelque coin, pendant que le troupeau dévastait son champ.

J'étais forcée de passer chaque jour près d'un bois de jeunes sapins. En trois bonds la chèvre l'atteignait, et c'était pendant que je la cherchais que mes agneaux mangeaient l'avoine.

La première fois j'attendis longtemps qu'elle revînt d'elle-même. Je faisais ma voix plus douce pour l'appeler. Enfin je me décidai à l'aller chercher. Mais la sapinière était si serrée que je ne savais pas comment faire pour y entrer.

Pourtant je ne pouvais pas m'en aller sans voir ce que la chèvre était devenue. Je crus reconnaître l'endroit où elle avait disparu, et j'y entrai en mettant mes mains devant ma figure pour éviter les piquants. Je la vis presque tout de suite à travers mes doigts ; elle était tout près. J'avançai la main pour la saisir par une corne, mais elle recula en déplaçant les branches qui revinrent me frapper avec force. Je réussis cependant à la saisir, et je la ramenai au troupeau.

Chaque jour elle recommençait. Je poussais mes moutons le plus loin possible de l'avoine et je me lançais à sa poursuite.

C'était une chèvre toute blanche, et j'avais tout de suite trouvé qu'elle ressemblait à Madeleine. Elle avait comme elle les yeux très éloignés l'un de l'autre. Lorsque je la forçais à sortir des sapins, elle me regardait longtemps sans bouger les yeux.

Dans ces moments-là, je pensais que Madeleine s'était transformée en chèvre. Il m'arrivait de la supplier de ne pas recommencer ; et j'étais sûre qu'elle me comprenait quand je lui faisais des reproches.

Comme je sortais un jour de la sapinière avec mes cheveux tout défaits, je fis un mouvement de la tête qui les ramena en avant. Aussitôt la chèvre fit un bond de côté en poussant un bêlement de peur. Elle revint sur moi, les cornes basses ; mais je baissai aussi la tête en secouant mes cheveux qui traînaient jusqu'à terre ; alors elle se sauva en faisant des cabrioles impossibles à décrire. Chaque fois qu'elle entrait dans la sapinière, je me vengeais en lui faisant peur avec mes cheveux.

Maître Sylvain me surprit un matin où je me lançais sur elle. Il fut pris d'un fou rire qui me remplit de confusion. Je m'arrêtai aussitôt en tâchant de relever mes cheveux sur ma tête.

La chèvre était revenue près de moi. Elle me regardait en allongeant le cou, et en tordant ses reins d'une façon comique, prête à repartir au moindre geste. Le fermier n'en finissait plus de rire ; il se tenait, cassé en deux, et il riait à grands éclats. On ne voyait de lui que sa blouse, sa barbe et son grand chapeau. Ses éclats de rire me donnaient envie de pleurer, et il me semblait qu'il resterait toujours ainsi, tordu et bruyant.

Quand enfin il fut calmé, il m'interrogea doucement. Je lui racontai les malices de la chèvre. Alors il la menaça du doigt en riant de nouveau.

Ce fut Martine qui l'emmena le lendemain. Mais le deuxième jour, elle déclara qu'elle aimait mieux quitter la ferme, que de continuer à garder cette chèvre qui était possédée du diable.

La vieille Bibiche disait que les chèvres avaient besoin d'être battues. Mais je me souvenais du seul coup de bâton que je lui avais donné ; ses côtes avaient rendu un son si étrange que je n'avais jamais osé recommencer.

On la laissa en liberté autour de la ferme, et elle disparut un jour sans qu'on pût jamais savoir ce qu'elle était devenue.

La Saint-Jean approchait et, pour fêter l'anniversaire de mon arrivée à la ferme, Eugène dit qu'il fallait m'emmener au village.

Pour ce jour de fête, la fermière me fit cadeau d'une robe jaune qu'elle avait portée quand elle était jeune fille.

Le village s'appelait Sainte-Montagne. Il n'avait qu'une rue, au bout de laquelle se trouvait l'église.

Martine m'entraîna vite à la messe déjà commencée. Elle me poussa sur un banc, et elle-même alla s'asseoir sur celui qui était devant moi.

L'impression grave que j'avais eue en entrant dans l'église s'effaça presque aussitôt. Deux femmes, derrière moi, ne cessèrent de parler du marché de la veille, et des hommes qui se trouvaient près de la porte ne se gênaient pas pour parler tout haut.

Il n'y eut de silence que lorsque le curé monta en

chaire. Je crus qu'il allait prêcher, mais il annonça seulement les mariages : à chaque nom qu'il prononçait les femmes se penchaient à droite ou à gauche avec des sourires.

L'idée de la prière ne me vint même pas. Je regardais prier Martine à genoux. Ses mèches brunes et bouclées sortaient de dessous son bonnet brodé. Elle avait les épaules larges, et son corsage blanc était serré à la taille par un ruban noir. Toute sa personne faisait penser à une chose fraîche et neuve.

Pourtant la supérieure m'avait dit que les bergères étaient des filles malpropres.

Je revoyais Martine au milieu de ses brebis avec sa jupe courte à rayures, ses bas bien tirés et ses sabots recouverts de cuir qu'elle cirait comme des souliers. Cependant elle prenait grand soin de son troupeau, et la fermière affirmait qu'elle connaissait chacune de ses brebis.

A la sortie de la messe, elle me quitta pour courir vers une vieille femme qu'elle embrassa tendrement. Puis je la perdis de vue et restai toute seule, ne sachant où aller.

Pas très loin, je voyais l'auberge du Cheval-Blanc. Il en sortait un grand bruit de voix et de vaisselle. Les gens y entraient par groupes, et il n'y eut bientôt plus personne sur la place.

J'allais rentrer dans l'église en attendant que Martine vienne me chercher, lorsque je vis accourir Eugène. Il me prit par la main et dit tout en riant :

— Si ta robe n'avait pas été aussi jaune, je t'aurais sûrement oubliée.

Il me regardait d'un air moqueur et amusé.

Il me conduisit chez le maître d'école, en le priant de me faire déjeuner et de me mener promener avec ses enfants.

Le maître d'école était habillé comme les messieurs de la ville, tandis qu'Eugène avait une blouse bleue, et je fus bien étonnée de les entendre se tutoyer.

En attendant le déjeuner, le maître d'école me prêta un livre de contes de fées ; et lorsque l'heure de la promenade arriva, j'aurais préféré qu'on me laissât seule finir le livre.

Sur la place du village, les garçons et les filles dansaient dans le soleil et la poussière. Je trouvai leurs balancements exagérés et leur gaieté trop bruyante.

Je sentais en moi comme une grande tristesse ; et quand, à la nuit tombante, la voiture nous ramena à la ferme, j'éprouvai un vrai soulagement à me retrouver dans le silence et l'odeur des prés.

A quelques jours de là, en rentrant des champs, un mouton qui longeait une haie fit un bond énorme. En m'approchant, je vis qu'il saignait au nez. Je pensai qu'il s'était piqué à une grosse épine, et, après l'avoir lavé, je n'y pensai plus. Le lendemain je fus terrifiée en le retrouvant avec la tête presque aussi grosse que le corps. Au cri que je poussai, Martine accourut, et le cri qu'elle poussa elle-même fit accourir tout le monde.

J'expliquai ce qui était arrivé la veille, et le fermier assura que le mouton avait dû être mordu par une vipère.

Il fallait lui faire des lavages, et le laisser à l'étable jusqu'à ce que l'enflure soit partie.

Je ne demandais pas mieux que de soigner la pauvre bête ; mais quand je fus seule avec elle, une épouvante me prit.

Cette tête énorme qui se balançait sur ce petit corps me causait une frayeur insensée. Les yeux démesurés, la bouche immense et les oreilles qui se tenaient droites et raides, composaient un monstre difficile à imaginer. Il restait constamment au milieu de l'étable, comme s'il eût craint de se cogner au mur. J'essayai de m'approcher de lui, en me disant que ce n'était qu'un mouton. Mais aussitôt qu'il se tournait de mon côté, je filais comme une flèche vers la porte. Je ressentais cependant une grande pitié pour lui. Par instants il me semblait que cette face qui se balançait de droite à gauche me faisait des reproches. Alors quelque chose chavirait dans ma tête, et je sentais venir la folie. Je compris que j'étais capable de le laisser mourir de faim.

Je racontai cela au vacher, qui voulut bien se charger de soigner le mouton tant que durerait l'enflure. Il se moquait de moi : il ne comprenait pas comment je pouvais avoir si grand'peur d'un mouton malade.

J'eus l'occasion de lui rendre un service à mon tour, et j'en fus bien contente.

En détachant le taureau, un matin, il avait fait un faux pas, et était tombé devant lui. Le taureau l'avait flairé en reniflant et soufflant. C'était un jeune qu'on avait élevé à la ferme et qui commençait à faire la mauvaise tête.

Le vacher craignait de le voir devenir furieux, et il était persuadé que la bête se souviendrait de l'avoir vu à terre devant elle.

J'aurais bien voulu le rassurer, mais je ne savais pas ce qu'il fallait dire pour cela. Puis j'étais toute surprise de le trouver tout à coup si vieux : il avait jeté son chapeau à terre, et je remarquai pour la première fois que ses cheveux étaient tout gris.

Toute la journée, je pensai à lui, et le lendemain, pendant que les vaches sortaient une à une, je ne pus m'empêcher d'entrer dans l'étable.

Le vacher regardait fixement le taureau qui tirait impatiemment sur sa chaîne. Je m'approchai et, après avoir caressé la bête, je la détachai.

Le vacher laissa passer le taureau qui sortit comme un fou, et après m'avoir regardée tout surpris, il le suivit en boitant.

J'avais bien moins peur du taureau que du mouton

enflé, et chaque jour j'entrais dans l'étable en prenant des précautions pour ne pas être vue.

Pourtant Eugène m'avait vue. Il me prit à part et, en plongeant ses petits yeux dans les miens, il dit :

— Pourquoi détaches-tu le taureau ?

Je craignais de faire gronder le vacher en disant la vérité ; et je cherchais quelque chose à dire, mais je ne trouvais rien. Je commençai à dire que je ne le détachais pas. Alors Eugène prit son air moqueur pour me dire :

— Est-ce que tu serais menteuse, par hasard ?

Aussitôt je lui racontai tout et, le samedi d'après, la bête était vendue.

J'avais souvent remarqué combien il était bon pour tout le monde. Chaque fois que le fermier avait des différends avec ses ouvriers, il finissait toujours par appeler son frère qui arrangeait les choses en quelques mots.

Il s'occupait aux mêmes travaux que maître Sylvain. Mais il refusait d'aller au marché : il disait qu'il n'aurait même pas su vendre un fromage.

Il marchait posément, en se balançant, comme s'il eût réglé sa marche sur celle de ses bœufs.

Il passait presque tous ses dimanches à Sainte-Montagne. Quand le temps était trop mauvais, il restait à lire dans la grande salle. Souvent je le guettais dans l'espoir qu'il oublierait son livre ; mais jamais il ne l'oubliait. J'étais désolée de ne rien trouver à lire à la ferme. Aussi je ramassais tous les bouts de papier qui traînaient.

La fermière avait fini par le remarquer, et elle disait que je deviendrais avare.

Un dimanche que j'avais osé demander un livre à Eugène, il me fit cadeau d'un gros cahier de chansons.

Pendant tout l'été, je l'emportais aux champs. Je composais des airs aux chansons qui me plaisaient le mieux ; puis je m'en lassai et, en aidant la fermière au grand nettoyage de la Toussaint, je découvris des almanachs de plusieurs années.

Pauline me dit de les porter au grenier ; mais je fis semblant de les oublier dans le tiroir où ils étaient, et je les emportai en cachette l'un après l'autre. Ils étaient remplis d'histoires amusantes, et l'hiver passa sans que je me sois aperçue du froid.

Le jour où je les montai au grenier, je furetai pour voir si je n'en découvrirais pas d'autres. Je ne trouvai qu'un petit livre sans couverture, dont les feuillets étaient roulés aux coins comme si on l'avait longtemps porté dans la poche. Les deux premières pages manquaient, et la troisième était salie au point que les caractères en étaient tout effacés. Je m'approchai de la lucarne pour avoir plus de clarté et, à l'en-tête des pages, je vis que c'étaient les *Aventures de Télémaque*.

Je l'ouvris au hasard et les quelques lignes que je lus me le rendirent si intéressant que je le mis tout de suite dans ma poche.

Comme j'allais descendre du grenier, il me vint à l'idée que c'était Eugène qui l'avait mis là, et qu'il pouvait venir le reprendre d'un moment à l'autre ; alors je le remis sur la solive noire où il était. Chaque fois que j'avais l'occasion d'aller au grenier, je m'assurais qu'il était toujours à sa place, et j'en lisais autant que je pouvais.

Dans ce moment-là, j'eus encore un mouton malade. Ses flancs étaient creux, comme s'il n'avait pas mangé depuis longtemps. J'allai demander à la fermière comment il fallait le soigner.

Elle s'arrêta de plumer une poule pour me demander si le mouton était très tendu.

Je ne répondis pas tout de suite. Je me demandais ce que voulait dire le mot *tendu.* Puis je pensai que tous les moutons malades devaient être tendus. Alors je dis : oui. Et pour affirmer davantage, je me dépêchai d'ajouter :

— Il est tout plat.

La fermière se mit à rire en se moquant. Elle dit à Eugène qui sifflotait à quelques pas :

— Venez écouter ça, Eugène. Elle a un mouton qui est tendu et plat tout à la fois.

Eugène rit aussi : il m'appela bergère d'occasion, et il m'apprit que les moutons étaient tendus quand ils avaient le ventre enflé.

Deux jours après, Pauline me dit qu'elle et maître Sylvain voyaient bien que je ne ferais jamais une bonne bergère, et qu'ils avaient décidé de me garder à la maison. La vieille Bibiche n'était plus bonne à rien, et Pauline ne pouvait suffire à tout depuis qu'elle avait son enfant.

Aux premiers mots, je compris qu'il me serait facile d'aller souvent au grenier, et je remerciai vivement la fermière.

Maintenant que j'étais servante de ferme, il me fallait tuer les poules et les lapins. Je ne pouvais m'y décider, et la fermière ne comprenait rien à mes répugnances. Elle disait que j'étais comme Eugène qui se sauvait quand on tuait le cochon.

Je voulus pourtant essayer de tuer un poulet pour montrer ma bonne volonté. Il se débattait entre mes mains, et bientôt la paille fut toute rouge autour de moi. Quand il ne bougea plus, je le déposai dans la grange en attendant que la vieille Bibiche vînt le plumer; mais elle se moqua bien de moi, en retrouvant le poulet sur ses pattes au milieu d'un van plein de graine. Il mangeait goulûment, comme s'il eût voulu se guérir au plus vite du mal que je venais de lui faire. La vieille Bibiche le saisit et, quand elle lui eut passé la lame sur le cou, la paille fut beaucoup plus rouge que la première fois.

Pendant l'heure de la sieste, je montais au grenier pour lire un peu. J'ouvrais le livre au hasard; et, à le relire ainsi, j'y découvrais toujours quelque chose de nouveau.

J'aimais ce livre, il était pour moi comme un jeune prisonnier que j'allais visiter en cachette. Je l'imaginais vêtu comme un page et m'attendant assis sur la solive noire. Un soir, je fis avec lui un beau voyage.

Après avoir fermé le livre, je m'accoudais a la lucarne du grenier. Le jour était presque fini, et les sapins paraissaient moins verts. Le soleil s'enfonçait dans des nuages blancs, qui bouffaient et se creusaient comme du duvet.

Sans savoir comment cela s'était fait, je me trouvais tout à coup au-dessus du bois avec Télémaque. Il me tenait par la main, et nos têtes touchaient le bleu du ciel. Télémaque ne disait rien; mais je savais que nous allions dans le soleil.

La vieille Bibiche m'appelait d'en bas. Je reconnaissais très bien sa voix, malgré la distance. Elle devait être bien en colère pour crier si fort. Je me souciais peu de ses cris. Je ne voyais que le duvet brillant qui entourait le soleil, et qui commençait à s'ouvrir pour nous laisser passer.

Un choc sur le bras me fit retomber dans le grenier. La vieille Bibiche m'écartait de la lucarne en disant :

— S'il y a du bon sens à me faire crier comme ça ! Voilà plus de vingt fois que je t'appelle pour manger la soupe.

Peu de temps après, je ne retrouvai plus le livre sur la solive. Mais c'était un ami que je portais dans mon cœur, et j'en gardai longtemps le souvenir.

Deux jours avant la Noël, maître Sylvain se prépara à tuer le porc. Il aiguisa deux grands couteaux et, après avoir fait une litière de paille fraîche au milieu de la cour, il fit sortir le porc qui se mit à crier comme s'il se doutait de la vérité. Il lui passa des cordes aux quatre pieds ; et pendant qu'il les fixait à de solides piquets, il dit à sa femme :

— Cache les couteaux, Pauline, il ne faut pas qu'il les voie.

Pauline me remit une sorte de poêle très profonde que je devais tenir avec adresse, afin de ne pas perdre une seule goutte du sang que j'allais recueillir.

Le fermier s'approcha du porc qui était tombé sur le flanc. Il mit un genou en terre devant lui et, après l'avoir tâté près du cou, il tendit la main vers sa femme qui lui passa le plus grand couteau. Il en appuya la pointe à l'endroit que marquait son doigt, et il se mit à l'enfoncer lentement.

A ce moment, les cris que poussait le porc ressemblaient à des cris humains.

Il sortit de sa blessure une goutte de sang qui coula en une grande traînée rouge. Puis deux jets montèrent le long du couteau, et retombèrent sur la main du fermier. Quand le couteau fut enfoncé jusqu'au manche, maître Sylvain pesa dessus pendant un moment, et il le retira aussi lentement qu'il l'avait enfoncé.

En voyant ressortir la lame toute rayée de rouge, je sentis que ma bouche devenait froide et que je n'avais plus de salive.

Mes doigts se desserrèrent aussi, et la poêle pencha toute d'un côté.

Maître Sylvain le vit : il leva les yeux sur moi, et il cria à sa femme :

— Prends-lui la poêle.

J'étais incapable de dire une parole, mais je fis signe que non. Le regard si calme du fermier avait chassé mon émotion, et ce fut d'une main ferme que je continuai à tenir la poêle sous le jet qui sortait en bouillonnant.

Lorsque le porc eut cessé de crier, Eugène s'approcha de nous. Il parut stupéfait de me voir attentive aux dernières gouttes rouges qui roulaient une à une comme des larmes.

— Comment ! dit-il, c'est toi qui as reçu le sang ?

— Mais oui, répondit le fermier ; cela prouve qu'elle n'est pas une poule mouillée comme toi.

— C'est vrai ! dit Eugène en s'adressant à moi. Cela m'est très pénible de voir égorger les bêtes.

— Bah ! dit maître Sylvain, les bêtes sont faites pour nous nourrir comme le bois pour nous chauffer.

Eugène se détournait un peu, comme s'il était honteux de sa faiblesse.

Il avait les épaules minces, et son cou était aussi rond que celui de Martine.

Maître Sylvain disait qu'il était tout le portrait de leur mère.

Jamais je ne l'avais vu se mettre en colère.

On l'entendait toujours chantonner d'une voix faible et harmonieuse.

Le soir, il rentrait des champs assis en travers sur un de ses bœufs, et souvent il chantait la même chanson.

C'était l'histoire d'un soldat s'en retournant à la guerre après avoir retrouvé sa fiancée mariée.

Il traînait longtemps sur le refrain qui se terminait ainsi :

Quand, par un tour de maladresse,
Un boulet m'emportera :
Allons, adieu, chère maîtresse,
Je m'en vais dans les combats.

Pauline lui parlait toujours d'un ton respectueux. Elle ne comprenait pas comment je pouvais être aussi libre avec lui.

Le premier soir où elle m'avait vue assise à côté de lui sur le banc de la porte, elle m'avait fait signe de rentrer. Mais Eugène m'avait rappelée en disant :

— Viens écouter la hulotte.

Souvent nous étions encore sur le banc quand tout le monde était déjà couché.

La hulotte venait jusque sur le vieil orme qui était près de la porte. Son hululement très doux semblait nous dire bonsoir ; puis elle s'envolait, et ses grandes ailes passaient en silence au-dessus de nous.

Plusieurs fois, une voix chanta sur la colline.

J'en restais toute frissonnante. Cette voix pleine qui passait dans la nuit me rappelait celle de Colette.

Eugène rentrait quand la voix cessait ; mais moi je restais dans l'espoir de l'entendre encore. Alors il me disait :

— Rentre donc, va ; c'est fini.

Et maintenant que l'hiver était revenu et que nous ne pouvions plus nous asseoir devant la porte, il restait entre nous comme une communication secrète. Quand il se moquait de quelqu'un, ses yeux pleins de finesse cherchaient les miens, et, s'il donnait son avis dans un cas embarrassant, il se tournait de mon côté comme s'il attendait de moi une approbation.

Il me semblait que je l'avais toujours connu et, tout au fond de moi-même, je l'appelais mon grand frère.

Il demandait souvent à Pauline si elle était contente de moi. Pauline répondait qu'il n'y avait pas besoin de me montrer deux fois la même chose ; elle me reprochait seulement de manquer d'ordre dans mon travail. Elle disait que je commençais aussi bien par la fin que par le commencement.

Je n'avais pas oublié sœur Marie-Aimée ; mais je ne m'ennuyais plus, et je me trouvais heureuse à la ferme.

Au mois de juin qui suivit, des hommes vinrent comme chaque année pour tondre les moutons. Ils apportaient une mauvaise nouvelle : dans tout le pays les moutons tombaient malades aussitôt qu'ils étaient tondus, et il en mourait une grande quantité.

Maître Sylvain prit ses précautions, mais, malgré tout ce qu'il put faire, il y en eut bientôt une centaine de malades.

Le vétérinaire affirmait qu'en les baignant dans la rivière on en sauverait beaucoup. Alors le fermier se mit dans l'eau jusqu'à la ceinture, et un à un il plongea les moutons jusqu'au dernier. Il était rouge, et la sueur qui coulait de son front tombait en grosses gouttes dans la rivière.

Le soir, il se coucha avec la fièvre; et le troisième jour il mourut d'une fluxion de poitrine.

Pauline ne pouvait croire à son malheur; et Eugène rôdait dans les étables avec des yeux épouvantés.

Peu après la mort du fermier, le propriétaire de la ferme vint nous rendre visite. C'était un petit homme sec qui ne tenait pas en place et, quand il s'arrêtait un moment, il me semblait toujours qu'il dansait sur un pied.

Il avait le visage complètement rasé et il s'appelait M. Tirande.

Il entra dans la salle où je me tenais avec Pauline ; il en fit le tour en arrondissant le dos ; puis il dit en me montrant l'enfant :

— Emportez-le, j'ai besoin de causer avec la fermière.

Je sortis dans la cour et, tout en ayant l'air de promener l'enfant, je passai devant la fenêtre ouverte.

Pauline n'avait pas bougé de sa chaise. Elle tenait les mains jointes sur ses genoux, et elle penchait la tête en avant comme si elle cherchait à comprendre une chose très difficile. M. Tirande parlait sans la regarder. Il marchait de la cheminée à la porte, et le bruit de ses talons sur les carreaux se confondait avec sa voix cassée.

Il sortit aussi vite qu'il était entré ; et, dans mon inquiétude, je vins demander à Pauline ce qu'il lui avait dit.

Elle prit son enfant dans ses bras et, tout en pleurant,

elle me dit que M. Tirande voulait la renvoyer de la ferme pour y mettre son fils qui venait de se marier.

A la fin de la semaine, M. Tirande revint avec son fils et sa bru. Ils commencèrent par visiter les étables et, lorsqu'ils entrèrent dans la maison, M. Tirande s'arrêta une minute devant moi pour me dire que sa bru avait décidé de me prendre à son service.

Pauline entendit ; elle fit vivement un pas vers moi ; mais à ce moment Eugène entrait avec des papiers à la main, et tout le monde s'assit autour de la table.

Pendant qu'ils étaient tous occupés à lire et à signer des papiers, je regardai la bru de M. Tirande. C'était une grande femme brune qui avait de gros yeux et un air ennuyé.

Elle sortit de la ferme avec son mari sans avoir une seule fois regardé de mon côté.

Quand leur voiture eut disparu au bout de l'allée des châtaigniers, Pauline raconta à Eugène ce que m'avait dit M. Tirande.

Eugène, qui allait sortir, se retourna brusquement vers moi ; il paraissait indigné, et sa voix était toute changée quand il dit que ces gens-là disposaient de moi comme d'un objet leur appartenant ; et pendant que Pauline s'apitoyait sur mon sort, il m'apprit que c'était déjà M. Tirande qui avait forcé maître Sylvain à me prendre à la ferme. Il rappela à Pauline combien le fermier avait eu pitié de moi en me voyant si chétive, et il m'assura qu'il avait bien du regret de ne pouvoir m'emmener dans leur nouvelle ferme.

Nous étions tous les trois debout dans la grande salle. Je sentais sur ma tête le regard désolé de Pauline, et la voix d'Eugène me faisait penser à un chant plein de douceur.

Pauline devait quitter la ferme à la fin de l'été. Chaque jour je travaillais à mettre le linge en ordre : je n'aurais pas voulu qu'elle emportât une seule pièce de linge déchirée. Je m'appliquais à faire les fines reprises que m'avait apprises Bonne Justine, et je pliais chaque chose avec soin.

Le soir, je retrouvais Eugène sur le banc de la porte.

Le clair de lune faisait briller les toits de la bergerie, et le fumier était entouré d'une vapeur blanche qui ressemblait à un voile de tulle.

Aucun bruit ne sortait des étables. On n'entendait que le grincement du berceau que Pauline balançait pour endormir son enfant. Aussitôt que tous les grains furent rentrés, Eugène commença le déménagement. Le vacher emmena ses vaches, et la vieille Bibiche s'en alla dans la voiture qui emportait toutes les volailles de la basse-cour.

Il ne resta bientôt plus à la ferme que les deux bœufs blancs qu'Eugène ne voulait confier à personne. Il les attacha à la carriole qui devait emporter Pauline et son enfant.

Le petit garçon s'était endormi dans une corbeille pleine de paille, et Eugène le déposa dans la voiture sans le réveiller. Pauline le recouvrit avec son châle, et, après avoir fait un grand signe de croix vers la maison, elle ramassa les guides et la voiture s'engagea sous les châtaigniers.

Je voulus les accompagner jusqu'à la route ; je suivais derrière les bœufs entre Eugène et Martine.

Nous marchions en silence. De temps en temps, Eugène encourageait ses bœufs en les touchant de la main.

Nous étions déjà très loin sur la route lorsque Pauline s'aperçut que la nuit venait. Elle arrêta son cheval et, lorsque je fus montée sur le marchepied de la voiture pour l'embrasser, elle me dit tristement :

— Adieu, ma fille ! Conduis-toi bien.

Elle ajouta, la voix pleine de larmes :

— Si mon pauvre Sylvain eût vécu, il ne t'aurait jamais abandonnée.

Martine m'embrassa en souriant :

— On se reverra peut-être ! me dit-elle.

Eugène ôta son chapeau ; il me donna une longue poignée de main en disant lentement :

— Adieu, mon gentil compagnon. Je me souviendrai toujours de toi.

Quand j'eus marché un peu, je me retournai pour les voir encore ; et, malgré la nuit qui augmentait, je vis qu'Eugène et Martine marchaient en se tenant par la main.

Troisième partie

Les nouveaux fermiers arrivèrent le lendemain. Les laboureurs et la servante étaient venus dès le matin, et, lorsque le soir les maîtres entrèrent dans la maison, je savais qu'on les appelait M. et Mme Alphonse.

M. Tirande resta deux jours à Villevieille et partit après m'avoir rappelé que j'étais au service de sa bru, et que je n'aurais plus à m'occuper des travaux de la ferme.

Dès la première semaine, Mme Alphonse avait fait transformer la chambre d'Eugène en lingerie, et elle m'avait aussitôt installée devant une grande table sur laquelle étaient plusieurs pièces de toile, que je devais transformer en linge de toutes sortes.

Elle venait s'asseoir près de moi, pour faire de la dentelle ; elle restait des journées entières sans me dire un mot.

Quelquefois elle me parlait des armoires pleines de linge de sa mère.

Sa voix était sans timbre, et sa bouche remuait à peine pour parler.

M. Tirande paraissait beaucoup aimer sa bru. Chaque fois qu'il venait, il s'informait de ce qu'elle pouvait désirer.

Elle n'aimait que le linge. Alors il partait en promettant d'acheter d'autres pièces de toile.

M. Alphonse ne paraissait guère qu'aux heures de repas. J'aurais été bien en peine de dire à quoi il employait son temps.

Son visage me rappelait celui de la supérieure. Il avait comme elle la peau jaune et les yeux brillants ; on eût dit qu'il portait en lui un brasier qui pouvait le consumer d'un moment à l'autre.

Il était très pieux et, chaque dimanche, il partait

avec Mme Alphonse à la messe du village qu'habitait M. Tirande.

Au commencement, ils voulurent m'emmener dans leur voiture ; mais je refusai, préférant aller à Sainte-Montagne où j'espérais rencontrer Pauline ou Eugène.

Quelquefois, un des laboureurs venait avec moi, mais, le plus souvent, je m'en allais seule, par un chemin de traverse qui diminuait de beaucoup le trajet.

C'était un chemin rude et pierreux qui grimpait sur la colline, à travers les genêts.

A l'endroit le plus élevé, je m'arrêtais devant la maison de Jean le Rouge.

Cette maison était basse et profonde ; les murs étaient aussi noirs que le chaume qui la recouvrait ; et on eût pu passer à côté sans la voir, tant les genêts qui l'entouraient étaient hauts.

J'entrais pour dire bonjour à Jean le Rouge, que je connaissais depuis que j'étais à la ferme de Villevieille.

Il avait toujours travaillé pour maître Sylvain, qui le tenait en grande estime. Eugène disait qu'on pouvait le faire toucher à tout et qu'avec lui les choses étaient toujours bien faites.

Maintenant, M. Alphonse ne voulait plus l'occuper ; il parlait de le renvoyer de la maison de la colline. Jean le Rouge en était si affecté qu'il ne pensait plus qu'à cela.

Aussitôt après la messe, je revenais par le même chemin. Les enfants de Jean m'entouraient pour avoir le pain bénit que je leur rapportais. Ils étaient six, et l'aîné n'avait pas encore douze ans. Mon pain bénit n'était guère plus gros qu'une bouchée ; aussi, je le remettais à la femme de Jean qui le distribuait en parts égales.

Pendant ce temps, Jean le Rouge apportait pour moi un escabeau devant le feu, et il s'asseyait lui-même sur une rondelle de bois, qu'il roulait du pied, jusqu'à la cheminée. Sa femme ramenait les brindilles dans le feu avec de lourdes pincettes ; et dans le chaudron pendu à la crémaillère, on voyait cuire de grosses pommes de terre jaunes.

Dès le premier dimanche, Jean le Rouge m'avait dit :

— Je suis aussi un enfant abandonné.

Et peu à peu, il m'avait appris qu'à l'âge de douze ans on l'avait placé chez le bûcheron qui habitait déjà la maison de la colline. Il avait su très vite grimper au sommet des arbres pour y attacher la corde qui devait les faire pencher ; puis, la journée finie, et son fagot de bois sur le dos, il partait en avant pour arriver plus vite à la maison, où il trouvait la petite fille du bûcheron, en train de faire la soupe.

Elle était du même âge que lui, et ils étaient devenus tout de suite de bons amis.

Puis le malheur arriva, un soir de Noël.

Le vieux bûcheron, qui croyait les enfants bien endormis, s'en alla à la messe de minuit. Mais eux s'étaient levés aussitôt après son départ. Ils voulaient préparer le réveillon pour le retour du vieux, et ils se faisaient une joie de sa surprise.

Pendant que la fillette faisait cuire des châtaignes et mettait sur la table le pot de miel et la cruche de cidre, Jean le Rouge préparait un feu de grosses bûches.

Du temps passa ; les châtaignes étaient cuites, et le bûcheron tardait à rentrer. Les enfants s'assirent par terre devant le feu pour avoir plus chaud, et ils finirent par s'endormir, en s'appuyant l'un contre l'autre.

Jean se réveilla aux cris que poussait la petite fille. Il ne comprit pas tout d'abord pourquoi elle levait les bras si haut devant la flamme.

Comme elle sautait sur ses pieds pour s'enfuir, il vit qu'elle brûlait.

Elle avait déjà ouvert la porte du jardin, et elle courait en éclairant les arbres.

Alors, Jean l'avait saisie, et jetée dans la fontaine de la source.

Le feu s'était éteint tout de suite, mais lorsque Jean voulut la sortir de la fontaine, il la trouva si lourde qu'il crut qu'elle était morte. Elle ne faisait aucun mouvement, et il mit longtemps à la tirer de l'eau ; puis il la ramena à la maison, en la traînant comme un fagot.

Les grosses bûches étaient devenues des braises rouges ; seule, la plus grosse, qui était humide, continuait à fumer et à grésiller.

Le visage de la petite fille n'était plus qu'une énorme boursouflure noire et violacée et son corps à moitié nu laissait voir de larges taches rouges.

Elle resta de longs mois malade, et quand, enfin, on la crut guérie, on s'aperçut qu'elle était devenue muette.

Elle entendait très bien, elle pouvait même rire comme tout le monde ; mais il lui était impossible d'articuler un seul mot.

Pendant que Jean le Rouge me racontait ces choses, sa femme le regardait en remuant les yeux, comme si elle lisait un livre.

Son visage portait des traces profondes de brûlures, mais on s'y habituait très vite, et on ne voyait plus que sa bouche aux dents blanches, et ses yeux un peu inquiets. Elle appelait ses enfants en faisant entendre un éclat de voix prolongé, et les petits accouraient, et comprenaient tous ses gestes.

J'étais désolée aussi de leur voir quitter la maison de la colline.

C'étaient les derniers amis qui me restaient et l'idée m'était venue de parler d'eux à Mme Alphonse, dans l'espoir qu'elle obtiendrait de son mari qu'il veuille bien les garder.

Je trouvai l'occasion un jour que M. Tirande et son fils étaient entrés dans la lingerie en parlant de changements à faire à la ferme.

M. Alphonse ne voulait pas de troupeau : il parlait d'acheter des machines agricoles, d'abattre les sapins et de défricher la colline. Les étables serviraient de remises pour les machines, et la maison de la colline deviendrait un grenier à fourrages.

Je ne sais si Mme Alphonse entendait ; elle travaillait à sa dentelle avec une grande attention.

Aussitôt que les deux hommes furent sortis, j'osai parler de Jean le Rouge.

J'expliquai combien il avait été utile à maître Sylvain : je dis son chagrin de quitter cette maison qu'il habitait depuis si longtemps, et quand je m'arrêtai, tout angoissée de la réponse qui allait venir, Mme Alphonse retira son crochet du fil et dit :

— Je crois que je me suis trompée d'une maille. Elle compta jusqu'à dix-neuf, et elle ajouta :

— C'est ennuyeux, il faut que je défasse tout un rang.

Quand je rapportai cela à Jean le Rouge, il eut un mouvement de colère, qui lui fit tendre le poing vers Villevieille. Mais sa femme lui mit la main sur l'épaule en le regardant. Aussitôt Jean se calma.

Jean le Rouge quitta la maison de la colline à la fin de janvier, et une profonde tristesse entra en moi.

Maintenant, je n'avais plus d'amis.

Je ne reconnaissais plus la ferme ; tous ces gens s'y mettaient à leur aise, et il me semblait que c'était moi la nouvelle venue. La servante me regardait avec méfiance, et les laboureurs évitaient de me parler.

La servante s'appelait Adèle. Tous les jours, on l'entendait bougonner et traîner ses sabots. Elle faisait du bruit même quand elle marchait sur la paille. A table, elle mangeait debout, et elle répondait sans politesse aux observations des maîtres.

M. Alphonse avait fait enlever le banc de la porte et mettre à sa place de petits arbustes verts qu'on avait enclos d'un treillage.

Il avait fait aussi enlever le vieil orme où la hulotte était venue chanter, les soirs d'été.

Il devait y avoir longtemps que le vieil arbre ne donnait plus d'ombrage au seuil de la maison : il ne portait plus qu'un bouquet de feuillage tout en haut, et cela lui faisait comme une tête, qui se penchait pour écouter ce qui se disait en bas.

Les bûcherons qui vinrent pour l'abattre furent d'avis que cela ne serait pas facile. Il menaçait, en tombant, de démolir la toiture de la maison.

Enfin, après bien des discussions, et bien des tours autour de lui, on décida de l'enserrer de grosses cordes qui le feraient pencher et l'obligeraient à tomber sur le fumier.

Il fallut la journée de deux hommes pour l'abattre, et au moment où on croyait qu'il allait se coucher tranquillement, une des cordes se desserra et le vieil orme se releva pour retomber de côté. Il glissa sur le toit en entraînant la cheminée et une grande quantité de tuiles et, après avoir écorché le mur, il se coucha en travers de la porte : et pas une de ses branches ne toucha le fumier.

M. Alphonse ne put retenir un cri de colère. Il saisit la hache d'un des bûcherons, et il frappa l'arbre d'un coup si violent qu'un morceau d'écorce sauta dans la fenêtre de la lingerie et cassa un carreau.

Mme Alphonse vit des éclats de verre tomber sur moi ; elle se leva avec une vivacité que je ne lui connaissais pas et, avec des mains tremblantes et des yeux peureux, elle examina minutieusement chaque endroit de la nappe que j'étais en train de broder.

Mais elle ne vit pas que j'essuyais avec mon mouchoir une petite coupure que le verre m'avait faite à la joue.

Elle eut si peur qu'il n'arrivât malheur aux piles de linge qui commençaient à s'entasser, qu'elle m'emmena le lendemain chez sa mère pour me faire voir comment il fallait ranger les armoires.

La mère de Mme Alphonse s'appelait Mme Deslois ; mais quand les laboureurs parlaient d'elle, ils disaient toujours « la bourgeoise du château ».

Elle n'était venue qu'une fois à Villevieille.

Elle s'était approchée de moi, et m'avait regardée de très près en clignant des yeux. C'était une grande femme qui marchait courbée, comme si elle cherchait quelque chose par terre. Elle habitait le grand domaine du Gué-Perdu.

Mme Alphonse prit un sentier, le long de la petite rivière.

On était à la fin de mars, et les prés étaient déjà tout fleuris.

Mme Alphonse marchait tout droit dans le sentier ; mais moi, j'avais un grand plaisir à marcher dans l'herbe molle.

On arriva bientôt près du grand bois où le loup m'avait pris un agneau.

J'avais gardé de ce bois une frayeur mystérieuse, et, quand on quitta le sentier de la rivière pour prendre un chemin qui traversait les bois, je fus prise d'une véritable épouvante.

Cependant le chemin était large ; il devait même y passer souvent des voitures, car les ornières y étaient profondes.

Au-dessus de nos têtes, les aiguilles des sapins crissaient continuellement en se frôlant. Cela faisait un bruit doux et léger qui ne ressemblait en rien au chuchotement sec et coupé de silences que le bois avait fait entendre quand il était chargé de neige. Malgré cela, je ne pouvais m'empêcher de regarder derrière moi.

On ne marcha pas longtemps dans les bois ; le chemin tournait à gauche, et on se trouva tout de suite dans la cour du Gué-Perdu.

La petite rivière passait derrière les étables, comme à Villevieille ; mais ici les prés étaient très resserrés et on eût dit que les bâtiments voulaient se cacher dans la sapinière.

La maison d'habitation ne ressemblait pas aux fermes des environs. Le bas en était fait de vieux murs très épais et le premier étage paraissait avoir été posé dessus en attendant.

Je ne trouvai pas que cette maison eût l'air d'un château ; elle me faisait plutôt penser à une vieille souche d'arbre, de laquelle serait sorti un rejeton mal venu.

Mme Deslois parut sur le pas de la porte en nous entendant venir.

Elle me regarda encore en clignant des yeux. Elle dit tout de suite à haute voix qu'elle avait perdu un sou dans la paille, et que c'était bien étonnant que, depuis huit jours, personne ne l'eût encore trouvé. Tout en parlant, elle remuait avec son pied la mince couche de paille qui était devant la porte.

Mme Alphonse ne devait pas entendre. Ses gros yeux fixaient l'intérieur, et ce fut presque avec ardeur qu'elle expliqua le motif de notre visite.

Mme Deslois voulut me conduire elle-même à la lingerie ; elle mit les clefs sur les armoires et, après m'avoir recommandé de bien faire attention, et de ne rien déranger, elle me laissa seule.

J'eus vite fait d'ouvrir et de refermer les grandes armoires reluisantes.

J'aurais voulu m'en aller tout de suite. Cette grande lingerie froide m'épouvantait comme une prison : mes pas résonnaient sur les dalles, comme s'il y avait eu en dessous des caveaux profonds. Il me sembla tout à coup que je ne sortirais plus jamais de cette lingerie.

Je tendis l'oreille pour écouter le bruit des bêtes mais je n'entendis que la voix de Mme Deslois. C'était une voix forte et rauque, qui traversait les murs et pénétrait partout.

J'allais vers la fenêtre, pour me sentir moins seule, quand une porte que je n'avais pas remarquée s'ouvrit brusquement derrière moi. Je tournai la tête, et je vis entrer un homme jeune, qui portait une longue blouse blanche et une casquette grise.

Il s'arrêta comme s'il était surpris de trouver quelqu'un là, et moi je continuais de le regarder sans pouvoir détacher mes yeux de lui.

Il traversa la lingerie sans que nos regards se soient quittés, et il s'éloigna après s'être cogné contre la boiserie de la porte. Une minute après, il passa contre la fenêtre, et nos regards se rencontrèrent encore.

J'en restai mal à l'aise et, sans savoir pourquoi, j'allai fermer les portes qu'il avait laissées ouvertes.

Un moment après, Mme Alphonse vint me chercher, et je repris avec elle le chemin de Villevieille.

Depuis que M. Alphonse avait remplacé Pauline, j'avais pris l'habitude d'aller m'asseoir sur un houx en forme de siège, qui se trouvait au milieu d'un grand buisson peu éloigné de la ferme.

Maintenant que le printemps venait, j'y allais à l'heure

où les laboureurs fumaient leur pipe sur le seuil des écuries.

J'y restais longtemps à écouter les bruits du soir, et un grand désir me venait de ressembler aux arbres.

Ce soir-là, il m'arriva de penser à l'homme du Gué-Perdu. Mais chaque fois que je voulais fixer la couleur de ses yeux, ils entraient si profondément dans les miens qu'il me semblait que j'en étais tout éclairée.

Le dimanche qui suivit était jour de Pâques. Adèle était partie à la messe, dans la voiture de M. Alphonse. Je restai seule avec un laboureur, pour garder la ferme. Après le déjeuner, l'homme se coucha sur un tas de paille devant la porte, et moi, j'allai me cacher dans mon buisson.

Je cherchai à entendre le son des cloches. Mais la ferme était trop éloignée des villages et aucun son ne venait jusqu'à moi.

Ma pensée s'en alla vers sœur Marie-Aimée. Je pensais aussi à Sophie, qui venait me réveiller, chaque année, pour que je puisse entendre toutes les cloches de la ville qui sonnaient Pâques en même temps.

Il lui était arrivé, une année, de ne pas se réveiller; elle en eut tant de regret que, l'année suivante, elle mit un gros caillou dans sa bouche pour s'empêcher de dormir. Chaque fois qu'elle se laissait aller au sommeil, ses dents portaient sur le caillou, et elle se réveillait aussitôt.

Je pensais aussi à la grand'messe où Colette chantait à pleine voix. Je revoyais la débandade sur les pelouses, et l'air tout affairé de sœur Marie-Aimée s'occupant du grand repas des fêtes.

Et ce soir, au lieu du visage fin et aimant de sœur Marie-Aimée, je verrais la figure ingrate de Mme Alphonse, et les yeux luisants de son mari qui me faisaient tant peur ; et en pensant qu'il me faudrait rester encore longtemps à la ferme, je me laissais aller à un profond découragement.

Quand je fus lasse de pleurer, je vis avec surprise que le soleil avait beaucoup baissé. A travers les branches du buisson, je voyais s'allonger sur le pré les ombres longues et minces des peupliers ; et, plus près de moi, je vis aussi une grande ombre qui bougeait. Elle s'avançait, puis s'arrêtait, et s'avançait de nouveau.

Je compris tout de suite que quelqu'un allait passer devant ma cachette et presque aussitôt, l'homme à la blouse blanche entrait dans le buisson, en se baissant pour éviter les branches.

J'en ressentis un grand froid par tout le corps.

Cependant, je me remis très vite ; mais il me resta un tremblement nerveux, qu'il me fut impossible de dissimuler.

Lui restait debout devant moi sans parler.

Je regardais la douceur qui était dans ses yeux ; et je sentis revenir la chaleur dans mon corps.

Je remarquai qu'il portait comme Eugène une chemise de couleur et une cravate nouée sous le col ; et quand il parla, il me sembla que je connaissais sa voix depuis longtemps.

Il s'était appuyé contre une grosse branche, en face de moi, et il me demanda s'il ne me restait plus de parents.

Je répondis que non.

Il fit glisser entre ses doigts une branche couverte de jeunes pousses, et, sans me regarder, il dit encore :

— Alors, vous êtes seule au monde ?

Je répondis vivement :

— Oh ! non, j'ai sœur Marie-Aimée !

Et sans lui laisser le temps de me questionner, je dis combien je l'aimais, et avec quelle impatience j'attendais le moment où je pourrais la rejoindre.

J'étais si heureuse de parler d'elle que je ne m'arrêtais plus.

Je disais sa beauté et son intelligence qui me semblaient au-dessus de tout.

Je disais aussi son chagrin le jour de mon départ, et j'imaginais sa joie le jour où elle me verrait revenir.

Pendant que je parlais, il avait les yeux fixés sur mon visage, mais son regard semblait voir beaucoup plus loin.

Après un silence, il me demanda encore :

— Est-ce que vous n'aimez personne ici ?

— Non, dis-je, tous ceux que j'aimais sont partis.

Et j'ajoutai avec un peu de rancune :

— Jusqu'à Jean le Rouge qu'ils ont chassé !

— Pourtant, dit-il, Mme Alphonse n'est pas méchante ?

Je répondis qu'elle n'était ni méchante ni bonne, et que je la quitterais sans regret.

A ce moment, on entendit crier les roues de la voiture de M. Alphonse, qui rentrait, et je me levai pour partir.

Il s'effaça un peu, pour me laisser passer, et je le laissai seul dans le buisson.

Le soir, je profitai d'un moment de bonne humeur d'Adèle pour lui demander si elle connaissait les laboureurs du Gué-Perdu. Elle me répondit qu'elle ne connaissait que les plus anciens ; car depuis que Mme Deslois était veuve, les nouveaux ne restaient pas longtemps chez elle.

Une crainte que je n'aurais pu expliquer m'empêcha de parler du jeune homme à la blouse blanche ; et Adèle ajouta en remuant le menton :

— Heureusement que son fils aîné est revenu de Paris : les laboureurs seront moins malheureux.

Le lendemain, pendant que Mme Alphonse travaillait à sa dentelle, je cousais en pensant au laboureur à la blouse blanche.

Je ne pouvais le séparer d'Eugène dans ma pensée ; il s'exprimait comme lui, et je leur trouvais un air de ressemblance.

Vers le soir, je crus le voir passer devant les écuries et, la minute d'après, il s'arrêtait sur le seuil de la lingerie.

Ses yeux passèrent sur moi, pour se poser sur Mme Alphonse ; il tenait la tête haute, et sa bouche fléchissait un peu du côté gauche.

Mme Alphonse dit, d'une voix traînante, en le voyant :

— Tiens, voilà Henri.

Elle se laissa embrasser sur les deux joues ; puis elle indiqua une chaise à côté d'elle. Mais lui s'assit un peu de travers sur la table, en repoussant la toile.

Comme Adèle passait, Mme Alphonse lui dit :

— Si vous voyez mon mari, dites-lui que mon frère est ici.

Je mis quelques instants à comprendre ; puis je devinai brusquement que c'était lui le fils aîné de Mme Deslois.

Une honte que je n'avais pas encore connue me fit rougir violemment, et un immense regret me vint d'avoir parlé de sœur Marie-Aimée.

Il me sembla que je venais de jeter au vent la plus belle chose que je possédais et, malgré tous mes efforts, je ne pus retenir deux larmes qui s'accrochèrent à ma bouche, avant de tomber sur la toile fine que j'ourlais.

Henri Deslois resta longtemps sur le coin de la table.

A chaque instant, je sentais son regard sur moi, et

c'était comme un poids lourd qui m'empêchait de relever le front.

Deux jours après, je le retrouvai dans le buisson.

En le voyant assis sur le houx, il me vint une grande faiblesse dans les jambes, et je m'arrêtai.

Il se leva aussitôt pour me céder la place, mais je restai à le regarder.

Il avait dans les yeux la même douceur que la première fois, et, comme s'il attendait que je lui raconte une nouvelle histoire, il demanda :

— N'avez-vous rien à me dire, ce soir ?

Toutes les paroles qui me vinrent à l'esprit me semblèrent inutiles et je fis « non » de la tête ; il reprit :

— J'étais votre ami, l'autre jour.

Ce souvenir augmenta mon regret, et je répondis seulement :

— Vous êtes le frère de Mme Alphonse.

Je le quittai, et n'osai plus retourner dans le buisson.

Il revint souvent à Villevieille.

J'évitais de le regarder, mais sa voix me causait toujours un profond malaise.

Depuis que Jean le Rouge était parti, je ne savais que faire de mon temps après la messe. Chaque dimanche, je passais devant la maison de la colline ; parfois, je regardais à travers les fentes des contrevents, et quand il m'arrivait de heurter le bois avec mon front, il rendait un son qui me faisait reculer tout effrayée.

Un dimanche, je remarquai que la porte n'avait pas de serrure. J'appuyai le doigt sur le loquet, et aussitôt la porte s'ouvrit avec un grand bruit.

Je ne m'attendais pas à ce qu'elle s'ouvrît si vite, et je restai là, avec l'envie de la refermer et de m'éloigner. Puis, comme le bruit avait cessé, et que le soleil était tout de suite entré en faisant un grand carré de clarté, je me décidai à entrer aussi, en laissant la porte ouverte.

La grande cheminée n'avait plus sa crémaillère, ni ses hauts landiers ; il ne restait dans la salle que les épaisses rondelles de bois qui avaient servi de sièges aux enfants de Jean le Rouge. L'écorce en était usée, et le dessus était poli et comme ciré, à force d'avoir servi. La deuxième chambre était complètement vide ; elle n'était pas carrelée, et sur la terre battue, les pieds des lits avaient creusé des trous.

La porte du fond n'avait pas non plus de serrure, et je me trouvai bientôt dans le jardin.

Les plates-bandes conservaient encore quelques légumes d'hiver, et les arbres à fruits étaient en fleurs.

La plupart étaient très vieux ; plusieurs étaient devenus bossus, et leurs branches s'abaissaient comme si elles trouvaient que les fleurs même étaient trop lourdes à porter.

Au bas du jardin, la colline s'évasait en pente douce jusqu'à une immense plaine où paissaient des troupeaux, et, tout au bout, une rangée de peupliers faisaient comme une barrière qui empêchait le ciel d'entrer dans la plaine.

Peu à peu je reconnaissais chaque endroit. Voici la petite rivière, au bas de la colline. Je ne vois pas l'eau, mais les saules ont l'air de se ranger pour la laisser passer.

Elle disparaît derrière les bâtiments de Villevieille, dont les toits sont de la même couleur que les châtaigniers, et la voilà de l'autre côté. Elle brille par endroits, entre les minces peupliers ; puis elle s'enfonce dans ce grand bois de sapins, qui paraît tout noir, et qui cache le Gué-Perdu : c'est le chemin que Mme Alphonse m'a fait suivre pour aller chez sa mère... Son frère avait dû venir par le même sentier, le jour où il m'était apparu dans le buisson de houx.

Aujourd'hui, il n'y avait personne dans le sentier. Tout était d'un vert tendre, et j'avais beau regarder entre les bouquets d'arbres, aucune blouse n'apparaissait.

Je cherchais aussi des yeux le buisson, mais il était caché par les toits de la ferme.

Henri Deslois y était venu plusieurs fois depuis le jour de Pâques. Je n'aurais pas su dire comment je le savais ; mais, ces jours-là, je ne pouvais m'empêcher d'en faire le tour.

Hier, Henri Deslois était entré dans la lingerie, pendant que j'étais seule : il avait fait un geste comme s'il allait me parler.

Aussitôt, mes yeux s'étaient attachés à lui, comme la première fois, et il était reparti sans rien dire.

Et maintenant que j'étais dans ce jardin sans clôture, tout entouré de genêts fleuris, le désir me venait d'y vivre toujours.

Un gros pommier se penchait à côté de moi, et trempait le bout de ses branches dans la source.

La source sortait du tronc creux d'un arbre, et le trop-plein s'en allait en petits ruisseaux à travers les plates-bandes.

Ce jardin plein de fleurs et d'eau claire me paraissait le plus beau jardin de la terre, et quand je tournais la tête vers la maison grande ouverte au soleil, j'attendais toujours qu'il en sortît des êtres extraordinaires.

Cette maison basse et sans couleur me semblait pleine de mystère : il sortait d'elle de petits glissements brusques et irréguliers et, tout à l'heure, j'avais bien cru entendre le bruit que faisait Henri Deslois quand il posait le pied sur le seuil de la ferme de Villevieille.

J'avais écouté, comme si j'espérais le voir s'approcher. Mais le bruit de pas ne s'était pas renouvelé, et bientôt je m'aperçus que les genêts et les arbres faisaient entendre toutes sortes de sons mystérieux.

J'imaginais que j'étais un jeune arbre, que le vent pouvait déplacer à son gré. Le même souffle frais qui balançait les genêts passait sur ma tête et emmêlait mes cheveux ; et pour imiter le pommier, je me baissais, et trempais mes doigts dans l'eau pure de la source.

Un nouveau bruit me fit regarder vers la maison, et je n'eus aucune surprise en voyant Henri Deslois dans l'encadrement de la porte.

Il était tête nue, et les bras ballants.

Il fit deux pas dans le jardin, et son regard s'en alla au loin dans la plaine.

Ses cheveux étaient séparés sur le côté, et son front s'allongeait très loin vers les tempes.

Il resta un long moment sans bouger ; puis il se tourna tout à fait vers moi.

Deux arbres seulement nous séparaient ; il fit encore un pas, il prit d'une main le tout jeune arbre qui était devant lui, et les branches fleuries firent comme un bouquet au-dessus de sa tête. La clarté était si grande qu'il me semblait que l'écorce des arbres brillait et que chaque fleur rayonnait, et, dans les yeux d'Henri Deslois, il y avait une douceur si profonde que je m'avançai vers lui sans aucune honte.

Il ne fit pas un mouvement, mais quand je m'arrêtai devant lui, son visage devint plus blanc que sa blouse, et sa bouche trembla.

Il prit mes deux mains, qu'il appuya fortement contre ses tempes, et il dit d'une voix très basse :

— Je suis comme un avare qui a retrouvé son trésor.

En ce moment, la cloche de l'église de Sainte-Montagne se mit à sonner. Les sons montaient la colline en courant et, après s'être reposés un instant au-dessus de nous, s'en allaient se perdre plus haut.

Les heures passèrent avec le jour, les troupeaux disparurent un à un de la plaine : une vapeur blanche se leva de la petite rivière ; puis le soleil passa derrière la barrière de peupliers, et les fleurs des genêts commencèrent à devenir plus sombres.

Henri Deslois me ramena sur le chemin de la ferme ; il marchait devant moi, dans le sentier étroit, et quand il me quitta, un peu avant l'allée des châtaigniers, je sentis que je l'aimais plus que sœur Marie-Aimée.

La maison de la colline devint notre maison.

Chaque dimanche j'y retrouvais Henri Deslois, et, comme au temps de Jean le Rouge, je rapportais le pain bénit que nous partagions en riant.

Il y avait en nous comme une folie de liberté, qui nous faisait courir autour du jardin, et mouiller nos souliers dans le ruisseau de la source.

Henri Deslois disait :

— Le dimanche, j'ai aussi dix-sept ans !

Parfois, nous faisions de longues promenades dans les bois qui entouraient la colline.

Henri Deslois ne se lassait pas de m'entendre raconter mon enfance avec sœur Marie-Aimée. Nous parlions aussi d'Eugène, qu'il connaissait. Il disait qu'il était de ceux qu'on aime à avoir pour amis.

Je lui dis aussi combien j'avais été mauvaise bergère ; et tout en pensant qu'il allait se moquer de moi, je racontai l'histoire du mouton enflé. Il ne se moqua pas ; il passa seulement un doigt sur mon front, en disant :

— Il faut beaucoup d'amour pour guérir ça !

Il nous arriva un jour de nous arrêter près d'un immense champ de blé, dont on ne voyait pas la fin. Des milliers de papillons blancs voltigeaient au-dessus des épis. Henri Deslois ne parlait pas, et moi je regardais les épis qui se ployaient et se redressaient comme s'ils voulaient prendre leur élan pour fuir. On eût dit que les papillons leur apportaient des ailes pour les aider ; mais les épis avaient beau s'agiter, ils ne parvenaient pas à quitter la terre.

Je le dis à Henri Deslois, qui regarda longtemps le blé ; puis, comme s'il parlait pour lui-même, il dit en traînant sur les mots :

— Il en est de même pour l'homme ; parfois une douce créature vient à lui ; elle est semblable aux papillons blancs de la plaine ; il ne sait si elle monte de la terre, ou si elle descend d'en haut ; il sent qu'avec elle il pourrait vivre du vent qui passe et du miel des fleurs. Mais, pareil à la racine qui retient l'épi à la terre, un lien mystérieux l'attache à son devoir qui est fort comme la terre.

Il me sembla que sa voix avait un accent de souffrance, et que sa bouche fléchissait davantage. Mais presque aussitôt ses yeux s'arrêtèrent sur moi, et il dit d'une voix plus ferme :

— Ayons confiance en nous !

L'été passa, puis l'automne ; et malgré le mauvais temps de décembre, nous ne pouvions nous décider à quitter la maison de la colline.

Henri Deslois apportait des livres que nous lisions, assis sur les rondelles de bois, dans la pièce qui donnait sur le jardin. Je rentrais à la ferme quand la nuit venait, et Adèle, qui croyait que je passais mon temps à la danse du village, s'étonnait toujours de mon air triste.

Presque chaque jour, Henri Deslois venait à Villevieille. Je l'entendais venir de loin ; il montait sans bride ni selle une grande jument blanche qui trottait lourdement, et qui le portait à travers les labours et les sentiers. C'était une bête patiente et douce. Son maître la laissait en liberté dans la cour, pendant qu'il entrait dire bonjour à Mme Alphonse. Aussitôt que M. Alphonse l'entendait, il entrait dans la lingerie.

Tous deux parlaient de l'amélioration des terres ou des gens qu'ils connaissaient ; mais il y avait toujours dans la conversation un mot ou une tournure de phrase qui venait à moi comme la pensée visible d'Henri Deslois.

Je rencontrais souvent le regard de M. Alphonse, et je ne pouvais pas toujours m'empêcher de rougir.

Un après-midi qu'Henri Deslois entrait tout souriant, M. Alphonse lui cria :

— Vous savez que j'ai vendu la maison de la colline.

Les deux hommes se regardèrent ; ils devinrent si pâles tous les deux que j'eus peur de les voir mourir sur place. Puis M. Alphonse se leva de sa chaise pour s'adosser à la cheminée, pendant qu'Henri Deslois poussait la porte, sans pouvoir arriver à la fermer.

Mme Alphonse posa sa dentelle sur ses genoux et elle dit comme si elle répétait une leçon :

— Cette maison ne servait à rien, et je suis bien contente qu'elle soit vendue.

Henri Deslois vint s'asseoir sur la table, si près de moi qu'il aurait pu me toucher. Il dit d'une voix assez ferme :

— Je regrette que vous l'ayez vendue sans m'en avoir parlé, car j'avais l'intention de l'acheter.

M. Alphonse se tortilla comme un ver. Il faisait des efforts pour rire aux éclats, et, à travers son rire, il disait :

— L'acheter, l'acheter, mais qu'en auriez-vous fait ?

Henri Deslois posa sa main sur le dossier de ma chaise, et il répondit :

— Je l'aurais habitée comme Jean le Rouge.

M. Alphonse se mit à aller et venir devant la cheminée ; son visage était devenu d'un jaune terreux ; il tenait ses mains dans les poches de son pantalon, et ses pieds se soulevaient si vite qu'on eût dit qu'il les remontait avec une ficelle qu'il tenait dans chaque main.

Puis il vint s'appuyer à la table en face de nous et, en nous regardant l'un après l'autre de ses yeux qui luisaient, il dit avec un mouvement de tout son buste en avant :

— Eh bien ! je l'ai vendue, et comme cela, tout est fini !

Pendant le silence qui suivit, on entendit la jument

blanche gratter le seuil avec son sabot, comme si elle appelait son maître.

Henri Deslois se dirigea vers la porte ; puis il revint près de moi pour ramasser mon ouvrage qui avait glissé de mes mains sans que je m'en fusse aperçue.

Il embrassa sa sœur, et, avant de partir, il dit en me regardant :

— A demain !

Le lendemain, dans la matinée, ce fut Mme Deslois qui entra dans la lingerie. Elle vint droit à moi avec des mots insultants.

Mais M. Alphonse la fit taire d'un geste sec ; puis, s'adressant à moi d'une voix adoucie, il dit :

— Mme Alphonse m'envoie vous dire qu'elle tient beaucoup à vous garder près d'elle. Elle désire seulement que dorénavant vous veniez à la messe avec nous.

Il essaya de sourire en ajoutant :

— Vous ferez le voyage en voiture.

C'était la première fois qu'il me parlait directement. Sa voix me parut un peu voilée, comme s'il éprouvait une gêne à me dire ces choses.

Je ne sais pas pourquoi je pensai que Mme Alphonse n'avait rien dit de tout cela, et qu'il mentait. Puis, en ce moment, il ressemblait tellement à la supérieure que je ne pus m'empêcher de le braver.

Je répondis que je n'aimais pas aller en voiture, et que je continuerais d'aller à Sainte-Montagne.

Il rentra sa lèvre inférieure, et il se mit à la mordiller.

Aussitôt, Mme Deslois s'avança, menaçante, en me traitant d'insolente. Elle répétait ce mot comme si elle n'en trouvait pas d'autres.

Elle le criait de plus en plus fort, et bientôt elle perdit

toute mesure. Le blanc de ses yeux devint tout rouge, et elle leva la main pour me frapper.

Je reculai vivement en passant derrière ma chaise. Mme Deslois buta contre la chaise, qu'elle renversa, et elle dut se retenir à la table pour ne pas tomber.

Ses cris rauques m'épouvantaient.

Je voulus sortir de la lingerie ; mais M. Alphonse s'était mis devant la porte comme pour la garder, et je revins en face de Mme Deslois, de l'autre côté de la table.

Elle parlait maintenant d'une voix étranglée. Elle disait des mots dont le sens m'échappait. Je trouvais seulement que ses paroles avaient une odeur insupportable. Elle cessa, après avoir crié de toutes ses forces :

— Je suis sa mère, entendez-vous ?

M. Alphonse revint vers moi ; il dit en me prenant le bras :

— Voyons ! écoutez-moi.

Je me dégageai en le repoussant, et je sortis de la maison en courant.

Les derniers mots de Mme Deslois entraient dans ma tête comme un marteau pointu :

« Je suis sa mère, entendez-vous ? »

Oh ! ma mère Marie-Aimée, comme vous étiez belle à côté de cette autre mère, et comme je vous aimais en ce moment ! Comme vos yeux de plusieurs couleurs rayonnaient et illuminaient votre vêtement noir, et comme votre visage était pur dans votre cornette blanche ! Vous étiez aussi visible pour moi que si vous eussiez été réellement devant moi.

Je fus toute surprise de me retrouver devant la maison de la colline ; et en même temps, je m'aperçus que la neige tombait en tourmente. J'entrai dans la maison pour m'abriter, et j'allai tout de suite dans la pièce qui donnait sur le jardin.

Je cherchai à fixer ma pensée ; mais mes idées tournoyaient dans ma tête comme les flocons de neige qui paraissaient monter de la terre et tomber du ciel en même temps ; et chaque fois que je faisais un effort pour penser, ma mémoire ne m'apportait que les bribes d'une chanson que les petites filles chantaient joyeusement dans leurs rondes et qui disait :

On a tant fait sauter la vieille,
Qu'elle est morte en sautillant,
Tireli,
Sautons, sautons, la vieille !

Je me trouvais bien dans cette maison silencieuse.

La neige s'arrêta de tomber, et les arbres me semblèrent aussi beaux que le jour où je les avais vus tout fleuris ; et brusquement le souvenir de ce qui venait de se passer se précisa dans mon esprit. Je revis la main aux doigts carrés de Mme Deslois ; un grand frisson me secoua ; quelle vilaine main, et comme elle était grande !

Puis l'expression du regard de M. Alphonse, quand il me prit le bras. Maintenant que j'y pensais, je me rappelais avoir déjà vu ce regard à une petite fille.

C'était un jour que je venais de voler un fruit tombé ; elle s'était précipitée sur moi, en disant :

— Donne-m'en la moitié, et je ne le dirai pas.

Une grande répugnance m'était venue de partager avec elle, et, au risque de me faire voir par sœur Marie-Aimée, j'étais allée reporter le fruit sous l'arbre.

Et voilà qu'à penser à ces choses un désir violent me venait de revoir sœur Marie-Aimée. J'aurais voulu partir tout de suite. Mais, en même temps, je pensai qu'Henri Deslois avait dit hier en partant : « A demain ! »

Peut-être était-il déjà à la ferme, m'attendant et s'inquiétant de ce que je pouvais être devenue.

Je sortis de la maison pour courir à Villevieille.

Je n'avais fait que quelques pas, lorsque je le vis venir sur le chemin.

La jument blanche gravissait difficilement le sentier plein de neige.

Henri Deslois était tête nue comme la première fois qu'il était venu ici ; sa blouse se gonflait sous le vent, et il se retenait à la crinière de sa bête.

La jument s'arrêta devant moi.

Son maître se pencha, et saisit mes deux mains que je levais vers lui.

Il y avait sur son visage quelque chose de tourmenté que je n'y avais jamais vu. Je remarquai aussi que ses sourcils se rejoignaient comme ceux de Mme Deslois. Il dit, un peu essoufflé :

— Je savais que je vous retrouverais ici.

Il ouvrit encore la bouche, et je fus tout de suite sûre que ses paroles allaient me donner de la joie.

Il serra davantage mes mains, et dit de la même voix essoufflée :

— N'ayez pas de haine contre moi.

Il détourna les yeux des miens :

— Je ne peux plus être votre ami.

Aussitôt, je crus que quelqu'un me donnait un coup violent sur la tête.

Il se fit dans mes oreilles un grand bruit de scie. Je vis Henri Deslois frissonner longuement, et j'entendis encore qu'il disait :

— Oh ! comme j'ai froid !

Puis, je ne sentis plus sur mes mains la chaleur des siennes ; et quand je compris que je restais seule sur le chemin, je ne vis plus qu'une masse d'un blanc gris, qui paraissait glisser sans bruit sur la neige du sentier.

Je descendis lentement l'autre versant de la colline.

Je marchai longtemps dans la neige qui crissait sous mes pieds.

J'avais déjà fait la moitié du chemin, lorsqu'un paysan m'offrit de monter dans sa voiture. Il allait aussi à la ville, et je me trouvai bientôt devant l'Orphelinat.

Je sonnai, et tout de suite la portière m'examina par le judas.

Je la reconnus. C'était toujours Bel-Œil.

Nous l'avions surnommée ainsi parce qu'elle avait un gros œil blanc. Elle ouvrit après m'avoir reconnue aussi. Elle me fit entrer, mais, avant de refermer la porte derrière moi, elle me dit :

— Sœur Marie-Aimée n'est plus ici.

Je ne répondis pas ; alors elle répéta :

— Sœur Marie-Aimée n'est plus ici.

J'entendais bien, mais je n'y apportais aucune attention ; c'était comme dans les rêves où les choses les plus extraordinaires vous arrivent, sans que cela ait de l'importance.

Je regardais son œil blanc, et je dis simplement :

— Je reviens.

Elle ferma la porte derrière moi, et elle me laissa debout sous l'auvent, pendant qu'elle allait prévenir la supérieure.

Elle revint en disant que la supérieure voulait parler à sœur Désirée-des-Anges avant de me recevoir.

A un coup de sonnette, Bel-Œil se leva, en me faisant signe de la suivre.

La neige s'était remise à tomber.

L'obscurité était presque complète chez la supérieure.

Je ne vis tout d'abord que le feu qui flambait en sifflant. Une voix me fit regarder plus près. La supérieure disait :

— Alors vous revenez ?

J'essayai de fixer mes idées ; je ne savais pas bien si je revenais. Elle reprit :

— Sœur Marie-Aimée n'est plus ici.

Je crus que c'était le mauvais rêve qui continuait, et je toussai pour me réveiller ; puis je regardai le feu, et je tâchai de savoir pourquoi il sifflait. La supérieure dit encore :

— Est-ce que vous êtes malade ?

Je répondis :

— Non.

La chaleur me ranimait, et je me sentais mieux.

Je comprenais enfin que j'étais revenue, et que je me trouvais chez la supérieure. Je rencontrai ses yeux fixes et me rappelai tout.

Elle disait en se moquant :

— Vous n'avez pas beaucoup changé ; quel âge avez-vous donc ?

Je répondis que j'avais dix-huit ans.

— Eh bien ! reprit-elle, cela ne vous a pas beaucoup fait grandir, d'aller dans le monde.

Elle mit un coude sur la table, et me demanda pourquoi je revenais.

Je voulais répondre que c'était pour voir sœur Marie-

Aimée; mais j'eus peur de l'entendre encore me dire que sœur Marie-Aimée n'était plus ici, et je restai silencieuse.

Elle tira d'un tiroir une lettre qu'elle glissa sous sa main ouverte, et dit de l'air ennuyé d'une personne que l'on dérange pour peu de chose :

— Cette lettre m'avait déjà appris que vous étiez devenue une fille orgueilleuse et hardie.

Elle repoussa la lettre d'un geste las, et, après avoir respiré longuement, elle dit encore :

— On va vous envoyer aux cuisines, en attendant qu'on vous trouve une autre place.

Le feu sifflait sans relâche. Je continuais de le regarder sans parvenir à reconnaître laquelle des trois bûches faisant entendre ce sifflement.

La supérieure haussa sa voix monotone pour attirer mon attention. Elle me prévenait que sœur Désirée-des-Anges me surveillerait étroitement, et qu'il ne me serait pas permis de parler à mes anciennes compagnes.

Je la vis faire un geste vers la porte, et je sortis dans la neige.

Tout là-bas, de l'autre côté des allées, je voyais les cuisines. Sœur Désirée-des-Anges, longue et droite, m'attendait à la porte. Je ne voyais d'elle que sa cornette et sa robe noire, et je l'imaginais vieille et sèche.

L'idée me vint de me sauver; je n'avais qu'à courir jusqu'à la porte; je dirais à Bel-Œil que j'étais venue en visite; elle me laisserait sortir et tout serait dit.

Au lieu d'aller du côté de la porte, je me dirigeai vers les bâtiments où s'était passée mon enfance.

Je ne savais pas pourquoi j'y allais. Mais je ne pouvais pas m'empêcher d'y aller. Je ressentais aussi une grande fatigue, et j'aurais voulu m'étendre pour dormir longtemps.

Le vieux banc était toujours à sa place ; j'écartai de la main la neige qui le recouvrait ; et je m'assis en m'appuyant au tilleul, comme autrefois M. le curé.

J'attendais quelque chose, et je ne savais pas quoi. Je regardai la fenêtre de la chambre de sœur Marie-Aimée.

Elle n'avait plus ses beaux rideaux de mousseline brodée, mais elle avait beau être pareille aux autres, je la trouvais quand même différente, et, si les épais rideaux de calicot ne déparaient pas les autres fenêtres, ils lui faisaient à elle comme un visage aux yeux fermés.

La nuit commença à tomber sur les allées, et les lumières s'allumaient à l'intérieur des salles.

Je voulais me lever du banc ; je pensais : « Bel-Œil va m'ouvrir la porte. »

Mais mon corps était comme écrasé, et il me semblait que des mains larges et dures se posaient lourdement sur ma tête, et toujours ces mots revenaient comme si je les avais prononcés tout haut : « Bel-Œil va m'ouvrir la porte. »

Mais voilà qu'une voix pleine de pitié disait près de moi :

— Je vous en prie, Marie-Claire, ne restez pas ainsi dans la neige !

Je relevai la tête : j'avais devant moi une toute jeune religieuse dont le visage était si beau que je ne me souvenais pas d'en avoir jamais vu de pareil.

Elle se pencha pour m'aider à me lever, et comme j'avais de la peine à me tenir debout, elle passa mon bras sous le sien pendant qu'elle disait :

— Appuyez-vous sur moi.

Je vis aussitôt qu'elle me conduisait vers les cuisines, dont la large porte vitrée était tout éclairée.

Je ne pensais plus à rien. La neige, qui tombait fine et

dure, me piquait le visage, et je sentais de violentes brûlures aux paupières. En entrant dans les cuisines, je reconnus les deux jeunes filles qui se tenaient devant le grand fourneau carré.

C'étaient Véronique la pimbêche et la grosse Mélanie, et il me sembla entendre sœur Marie-Aimée quand elle les nommait ainsi.

Seule, la grosse Mélanie me fit un petit signe au passage, et j'entrai avec la jeune sœur dans une chambre éclairée par une veilleuse.

Cette chambre était séparée en deux par un grand rideau blanc.

La jeune sœur me fit asseoir sur une chaise qu'elle tira de derrière le rideau, et elle sortit sans rien dire.

Un peu après, la grosse Mélanie et Véronique la pimbêche entrèrent pour mettre du linge propre au petit lit de fer qui était à côté de moi.

Quand elles eurent fini, Véronique, qui avait évité de me regarder, se tourna vers moi pour me dire qu'on n'aurait jamais cru que je serais revenue. Elle avait un air méprisant comme si elle me reprochait une chose honteuse.

La grosse Mélanie joignit ses mains sous son menton. Elle penchait toujours la tête de côté, comme quand elle était petite fille. Elle me dit avec un sourire affectueux :

— Je suis bien contente qu'on t'ait mise aux cuisines.

Puis, elle tapota un peu le lit.

— Tu prends ma place, c'est moi qui couchais ici.

Elle montra du doigt le rideau en baissant la voix :

— Sœur Désirée-des-Anges couche là.

Quand elles furent sorties en fermant la porte derrière elles, je me rapprochai du lit de fer.

Ce grand rideau blanc m'impressionnait. Il me semblait voir remuer des ombres dans le creux des plis que la veilleuse n'éclairait pas.

Mon attention fut détournée par la cloche du dîner. J'en reconnaissais le son, et, malgré moi, j'en comptais les coups.

Puis le silence se fit, et la jeune sœur entra de nouveau dans la chambre. Elle m'apportait un bol de bouillon tout fumant.

Elle fit glisser le grand rideau sur sa tringle ; et elle eut presque le même geste que Mélanie quand elle dit :

— Voici votre chambre, et voici la mienne !

Je fus tout de suite rassurée en voyant que son petit lit de fer était pareil au mien. Je commençais à penser que j'avais devant moi sœur Désirée-des-Anges, mais je n'osais pas y croire et je le lui demandai.

Elle fit « oui » de la tête et, tout en approchant sa chaise de la mienne, elle dit en mettant son visage dans la lumière :

— On dirait que vous ne me reconnaissez pas !

Je la regardai sans répondre.

Non, je ne la reconnaissais pas : j'étais même sûre de ne l'avoir jamais vue, car je n'imaginais pas qu'on pût oublier ses traits lorsqu'on les avait vus une seule fois.

Elle fit une petite moue comique en disant :

— Je vois bien que vous ne vous souvenez plus de cette pauvre Désirée Joly.

Désirée Joly ?... ah ! si je m'en souvenais ! C'était une jeune fille qui faisait son noviciat, elle avait un visage plus rose que les roses, elle avait aussi une taille fine, et elle était rieuse et aimante. Elle sautait si fort, quand elle jouait à la ronde avec nous, que sœur Marie-Aimée lui disait souvent :

— Voyons, mademoiselle Joly, pas si haut, on voit vos genoux.

Et maintenant, j'avais beau regarder sœur Désirée-des-Anges, il m'était impossible de faire le plus petit rapprochement. Elle dit :

— Oui, le vêtement de religieuse nous change beaucoup !

Elle releva ses manches d'un geste vif, et avec la même petite moue de tout à l'heure, elle dit encore :

— Oubliez que je suis sœur Désirée-des-Anges, et rappelez-vous que Désirée Joly vous aimait bien autrefois.

Elle reprit avec vivacité :

— Oh ! moi, je vous ai reconnue tout de suite. Vous avez toujours votre figure de petite fille.

Quand je lui dis que j'avais imaginé une sœur Désirée-des-Anges bien vieille et bien méchante, elle répondit :

— Nous nous étions trompées toutes les deux ; on vous avait montrée à moi comme une fille vaniteuse et arrogante. Mais quand je vous ai vue pleurer au milieu de toute cette neige, j'ai pensé que vous aviez surtout de la peine et je suis allée vers vous.

Après m'avoir aidée à me mettre au lit, elle sépara la chambre avec le rideau, et je m'endormis aussitôt.

Mais c'était un mauvais sommeil. Je me réveillais à tout instant ; j'avais toujours une grosse pierre sur la poitrine, et quand je réussissais à la rejeter, elle se partageait en plusieurs morceaux, qui retombaient sur moi, et m'écrasaient les membres.

Puis je rêvai que je me trouvais sur une route pleine de pierres coupantes. J'y marchais avec une extrême difficulté ; de chaque côté de la route, il y avait des champs, des vignes, des maisons.

Toutes les maisons étaient couvertes de neige, tandis qu'un beau soleil éclairait les arbres chargés de fruits.

Je quittais la route pour entrer dans les champs, et je

m'arrêtais à tous les arbres, pour goûter à chaque fruit, mais tous étaient amers, et je les rejetais avec dégoût.

Je cherchais à entrer dans les maisons couvertes de neige, mais aucune n'avait de porte. Je revins sur la route, et voilà que les pierres s'amoncelèrent autour de moi en si grande quantité qu'il me fut impossible d'avancer. Alors, j'appelai à mon secours ; j'appelai de toutes mes forces, sans que personne entendît. Et quand je sentis que j'allais être ensevelie sous l'énorme monceau, je fis un tel effort pour me dégager que je me réveillai.

Pendant un instant, je crus que je rêvais encore ; le plafond de la chambre me parut à une hauteur extraordinaire. La tringle qui soutenait le rideau blanc brillait par endroits, et la branche de buis clouée au mur allongeait son ombre jusque sur la Vierge, qui tendait les bras dans son coin.

Puis un coq chanta. Il recommença plusieurs fois comme s'il eût voulu effacer son premier chant, qui s'était arrêté court, comme un cri d'angoisse.

La veilleuse se mit à grésiller. Elle pétilla longtemps avant de s'éteindre, et, quand tout fut devenu noir dans la chambre, j'entendis la respiration mince et régulière de sœur Désirée-des-Anges.

Bien avant le jour, je me levai pour commencer mon métier de cuisinière.

Mélanie me montra comment on soulevait les énormes marmites.

Il fallait autant d'adresse que de force. Il me fallut plus d'une semaine avant de pouvoir seulement les bouger de place.

Ce fut encore Mélanie qui m'apprit à sonner la lourde cloche du réveil : elle me montra comment on cambrait les reins pour tirer la corde. Je saisis vite le balancement du son régulier, et chaque matin, malgré le froid ou la pluie, j'avais un grand plaisir à sonner le réveil.

La cloche avait un son clair que le vent augmentait ou diminuait, et je ne me lassais pas de l'entendre.

Il y avait des jours où je sonnais si longtemps que sœur Désirée-des-Anges ouvrait la fenêtre et me disait avec une moue suppliante :

— Assez ! Assez !

Depuis que j'étais aux cuisines, Véronique la pimbêche affectait de regarder de côté en me parlant, et si je me renseignais près d'elle pour connaître la place d'un objet, elle me l'indiquait seulement d'un geste.

Sœur Désirée-des-Anges la suivait des yeux en faisant une petite grimace du coin de la bouche.

Elle n'avait plus sa pétulance de jeune novice, mais elle restait enjouée et moqueuse.

Chaque soir, nous nous retrouvions dans notre chambre. Elle me forçait à rire par quelques remarques plaisantes sur ce qui s'était passé dans la journée.

Il arrivait, parfois, que mon rire finissait en sanglots douloureux ; alors, elle appuyait ses mains l'une contre l'autre comme les saintes, et elle disait en regardant en haut :

— Oh ! comme je voudrais que votre chagrin s'en aille !

Puis elle s'agenouillait par terre pour prier, et souvent je m'endormais avant de l'avoir vue se relever.

Le travail des cuisines m'était très pénible. J'aidais Mélanie au récurage des marmites et au lavage des dalles.

C'était elle qui en faisait la plus grande partie ; elle était forte comme un homme et toujours prête à rendre service. Aussitôt qu'elle me voyait fatiguée, elle m'asseyait de force sur une chaise, et elle disait avec une autorité souriante :

— Prends ta récréation.

Dès les premiers jours de mon arrivée, elle m'avait rappelé la difficulté qu'elle avait eue à apprendre son catéchisme. Elle n'avait pas oublié que pendant toute une saison j'avais passé toutes mes récréations à essayer de le lui faire retenir par cœur. Et maintenant, c'était une joie pour elle de me faire reposer un instant.

Véronique était chargée de préparer les légumes et de recevoir la viande de boucherie.

Elle se tenait raide et pincée, près de la bascule où les garçons déposaient la viande.

Elle se disputait souvent avec eux, trouvant toujours que les morceaux étaient coupés trop gros ou trop petits.

Les garçons finirent par lui dire des injures, et sœur

Désirée-des-Anges me chargea de recevoir les bouchers à sa place.

Elle vint tout de même le lendemain près de la bascule, mais j'étais là, avec sœur Désirée-des-Anges, qui m'expliquait la manière de peser.

Un matin, un des deux bouchers poussa une exclamation en prononçant mon nom. Sœur Désirée-des-Anges s'approcha, et moi je regardai le garçon, toute surprise : c'était un nouveau, mais je ne fus pas longtemps à le reconnaître. C'était l'aîné des enfants de Jean le Rouge. Il s'avançait tout joyeux de me rencontrer ; il parla tout de suite de ses parents qui avaient enfin trouvé une bonne place au château du Gué-Perdu. Lui n'avait aucun goût pour le travail des champs, et il avait voulu entrer chez un boucher de la ville.

Il se reprit très vite pour me dire que le Gué-Perdu se trouvait tout près de Villevieille et il me demanda si je le connaissais ; je fis un signe de tête, pour dire que je le connaissais.

Alors il continua, disant que ses parents y étaient installés depuis plusieurs mois, et qu'il y avait eu une belle fête la semaine dernière à l'occasion du mariage de M. Henri Deslois.

J'entendis encore quelques mots que je ne compris pas ; puis, le jour éclatant des cuisines se changea en nuit noire, et je sentis que les dalles s'enfonçaient et m'entraînaient dans un trou sans fond.

Je sentis encore que sœur Désirée-des-Anges venait à mon secours, mais déjà une bête s'était accrochée à ma poitrine. Il sortait d'elle un bruit qui m'était très douloureux à entendre. C'était comme un horrible sanglot qui s'arrêtait toujours au même endroit. Puis le jour revint, et j'aperçus au-dessus de moi le visage de sœur Désirée-des-Anges, et celui de Mélanie. Elles souriaient toutes deux du même sourire inquiet, et le visage large de Mélanie avait une grande ressemblance avec le visage fin et décoloré de sœur Désirée-des-Anges.

Je me dressai sur le lit, tout étonnée d'être couchée en plein jour ; mais je ne me levai pas. Le souvenir du petit Jean le Rouge me revint, et pendant des heures et des heures j'essayai d'étouffer mon mal.

Quand sœur Désirée-des-Anges entra dans la chambre à l'heure du coucher, elle s'assit sur le pied de mon lit. Elle mit encore ses mains comme les saintes, et elle me dit :

— Parlez-moi de votre peine.

Je parlai, et il me sembla que chaque mot que je prononçais emportait un peu de ma souffrance. Lorsque j'eus tout dit, sœur Désirée-des-Anges alla prendre l'*Imitation de Jésus-Christ*, et elle se mit à lire tout haut.

Elle lisait avec un accent doux et résigné, et il y avait des mots qu'elle traînait comme une plainte qui finit.

Les jours suivants, je revis le petit Jean le Rouge ; il parla encore du Gué-Perdu, et pendant qu'il disait le contentement de ses parents, et la bonté du maître pour eux, je revoyais la maison de la colline avec son jardin fleuri et sa source dont le ruisseau descendait jusqu'à la petite rivière en se cachant sous les genêts.

Je parlais souvent d'elle à sœur Désirée-des-Anges, qui m'écoutait avec recueillement. Elle en connaissait les alentours et les moindres recoins, et un soir qu'elle restait songeuse, et que je lui en demandais la raison, elle répondit en regardant au loin :

— L'été va finir, et je pense que les arbres du jardin sont chargés de fruits !

Pendant le mois de septembre, beaucoup de religieuses vinrent rendre visite à la supérieure.

Bel-Œil les annonçait par un coup de cloche. A chaque coup, Véronique sortait pour s'assurer de celle qui entrait ; elle avait un mot désagréable pour chacune des religieuses qu'elle reconnaissait.

Vers le soir, il y eut encore un coup de cloche ; Véronique, qui se trouvait sur la porte, cria :

— Par exemple, en voilà une que personne n'attendait.

Et en rentrant seulement sa tête dans les cuisines, elle nous dit :

— C'est sœur Marie-Aimée.

La grosse cuillère à pot m'échappa des doigts et glissa jusqu'au fond de la marmite.

Je me précipitai vers la porte, en bousculant Véronique qui voulait m'empêcher de passer.

Mélanie courut derrière moi pour me retenir :

— Reviens, disait-elle, la supérieure te voit.

Mais j'avais déjà rejoint sœur Marie-Aimée. Je m'étais jetée contre elle avec une si grande force que nous avions manqué de tomber ensemble.

Elle m'entoura à pleins bras. Elle était toute frémissante, et comme transportée.

Elle me prit la tête, et comme si j'eusse été un tout petit enfant, elle m'embrassa par tout le visage.

Sa cornette faisait entendre un bruit de papier froissé, et ses larges manches reculaient vers ses coudes.

Mélanie avait raison : la supérieure me voyait, elle sortait de la chapelle, et s'avançait dans l'allée où nous étions.

Sœur Marie-Aimée la vit ; elle cessa de m'embrasser pour poser sa main sur mon épaule, tandis que je passais vivement mon bras autour de sa taille, dans la crainte qu'elle ne m'éloignât d'elle.

Toutes deux, maintenant, nous regardions venir la supérieure. Elle passa devant nous sans lever les yeux, et elle ne parut pas avoir vu le salut plein de gravité que lui fit sœur Marie-Aimée.

Aussitôt qu'elle nous eut dépassées, j'entraînai sœur Marie-Aimée sur le vieux banc. Elle hésita, et dit avant de s'asseoir :

— On dirait que les choses nous attendent.

Elle s'assit, sans s'adosser au tilleul, et je m'agenouillai dans l'herbe à ses pieds.

Ses yeux n'avaient plus de rayons ; on eût dit que les couleurs s'étaient mélangées, et tout son visage, si fin, s'était comme rapetissé, et retiré au fond de sa cornette. Sa guimpe ne s'arrondissait plus comme autrefois sur sa poitrine, et ses mains laissaient voir leurs veines bleues.

Son regard se posa à peine sur la fenêtre de sa chambre ; il passa sur les allées de tilleuls, il fit le tour de la grande cour carrée, et pendant qu'il s'arrêtait sur la maison de la supérieure, elle laissa échapper ces paroles comme un murmure :

— Il faut bien pardonner aux autres, si nous voulons qu'on nous pardonne !

Elle ramena son regard sur moi, et elle dit :

— Tes yeux sont tristes.

Elle passa ses paumes sur mes yeux, comme si elle

voulait y effacer une chose qui lui déplaisait ; et, en les retenant fermés, elle dit de la même voix murmurante :

— Tant de souffrances passent sur nous !

Elle retira ses mains pour les mêler aux miennes et, sans me quitter du regard, avec un accent plein de prière, elle me parla :

— Ma douce fille, écoute-moi : ne deviens jamais une pauvre religieuse !

Elle eut comme un long soupir de regret, et elle reprit :

— Notre habit noir et blanc annonce aux autres que nous sommes des créatures de force et de clarté, et toutes les larmes s'étalent devant nous, et toutes les souffrances veulent être consolées par nous ; mais pour nous, personne ne s'inquiète de nos souffrances, et c'est comme si nous n'avions pas de visage.

Puis elle parla d'avenir ; elle disait :

— Je m'en vais où vont les missionnaires. Je vivrai là-bas dans une maison pleine d'épouvante ; j'aurai sans cesse devant les yeux toutes les laideurs, et toutes les pourritures !

J'écoutai sa voix profonde ; il y avait au fond comme une ardeur : on eût dit qu'elle pouvait prendre pour elle seule toutes les souffrances de la terre.

Ses doigts cessèrent de s'entrecroiser aux miens. Elle les passa sur mes joues, et sa voix se fit très douce pour me dire :

— La pureté de ton visage restera gravée dans ma pensée.

Et pendant que son regard passait au-dessus de moi, elle ajouta :

— Dieu nous a donné le souvenir, et il n'est au pouvoir de personne de nous le retirer.

Elle se leva du banc ; je l'accompagnai jusqu'à la

sortie, et, quand Bel-Œil eut refermé sur elle la lourde porte, j'en écoutai un long moment le bruit sourd et prolongé.

Ce soir-là, sœur Désirée-des-Anges vint plus tard dans la chambre. Elle avait assisté à des prières particulières, pour le départ de sœur Marie-Aimée, qui s'en allait soigner les lépreux.

L'hiver revint encore une fois.

Sœur Désirée-des-Anges avait vite compris mon goût pour la lecture ; elle m'apportait l'un après l'autre tous les livres de la bibliothèque des sœurs.

C'était, pour la plupart, des livres enfantins, que je lisais en tournant plusieurs pages à la fois. Je préférais les récits de voyages et je lisais la nuit à la lueur de la veilleuse.

Sœur Désirée-des-Anges me grondait, quand elle se réveillait, mais aussitôt qu'elle se rendormait, je reprenais mon livre.

Peu à peu une douce amitié nous avait liées ; le rideau blanc ne séparait plus nos lits pendant la nuit ; la gêne s'en était allée d'entre nous, et toutes nos pensées nous étaient communes.

Elle avait une gaieté fine, qui ne s'altérait jamais.

Une seule chose lui paraissait ennuyeuse dans la vie : c'était son costume de religieuse. Elle le trouvait lourd et incommode ; elle disait avec une expression de lassitude :

— Quand je m'habille, il me semble que je me mets dans une maison où il fait toujours noir.

Elle s'en débarrassait très vite le soir, et elle était tout heureuse de marcher dans la chambre en costume de nuit.

Elle disait avec sa petite moue :

— Je commence à m'y faire, mais dans les premiers temps la cornette m'écorchait les joues, et la robe me tirait les épaules en bas.

Au printemps, elle se mit à tousser.

Elle avait une petite toux sèche qui ne se faisait entendre que de temps en temps.

Son corps long et fin parut encore plus fragile. Elle gardait toute sa gaieté ; elle se plaignait seulement que sa robe devenait de plus en plus lourde.

Pendant une nuit du mois de mai, elle ne cessa de s'agiter et de rêver tout haut.

J'avais lu toute la nuit, et je m'aperçus tout à coup que le jour venait. Je soufflai la veilleuse, et j'essayai de dormir un peu.

Je commençais à sommeiller, lorsque sœur Désirée-des-Anges se mit à dire :

— Ouvrez la fenêtre, c'est aujourd'hui qu'il vient !

Je crus qu'elle rêvait encore, mais elle reprit d'une voix claire :

— Ouvrez la fenêtre, afin qu'il entre !

Je me dressai pour m'assurer qu'elle dormait, et je la vis assise sur son lit. Elle avait rejeté ses couvertures, et elle défaisait les cordons de sa cornette de nuit. Elle la retira pour la lancer au pied du lit ; puis elle secoua la tête, en faisant rouler ses cheveux courts et bouclés sur son front, et aussitôt je reconnus Désirée Joly.

Je me levai un peu effrayée ; elle répéta :

— Ouvrez la fenêtre, afin qu'il entre !

J'ouvris la fenêtre toute grande, et quand je me retournai, sœur Désirée-des-Anges tendait ses mains jointes vers le soleil levant, et d'une voix soudainement affaiblie elle disait :

— J'ai ôté ma robe, je n'en pouvais plus.

Elle s'étendit tranquillement, et plus rien ne bougea sur son visage.

Je retins longtemps ma respiration pour écouter la sienne ; puis j'aspirai longuement, comme si mon souffle devait en même temps entrer dans sa poitrine.

Mais en la regardant de plus près, je compris que le dernier souffle était déjà sorti d'elle. Ses yeux grands ouverts semblaient regarder un rayon de soleil qui s'avançait comme une longue flèche.

Des hirondelles passaient et repassaient devant la fenêtre en poussant des cris comme les petites filles, et des bruits que je n'avais jamais entendus m'emplissaient les oreilles.

Je levai la tête vers les fenêtres des dortoirs, dans l'espoir que quelqu'un pourrait entendre ce que j'avais à dire.

Mais mon regard ne rencontra que le cadran de la grosse horloge, qui semblait regarder dans la chambre par-dessus les tilleuls : il marquait cinq heures ; alors je ramenai les couvertures sur sœur Désirée-des-Anges et je sortis sonner le réveil.

Je sonnai longtemps ; les sons s'en allaient loin, bien loin ! Ils s'en allaient où s'en était allée sœur Désirée-des-Anges.

Je sonnais, parce qu'il me semblait que la cloche disait au monde que sœur Désirée-des-Anges était morte.

Je sonnais aussi parce que j'espérais qu'elle mettrait encore une fois son beau visage à la fenêtre pour me dire :

« Assez ! assez ! »

Mélanie m'arracha brusquement la corde. La cloche, qui était lancée, retomba à faux, et fit entendre une sorte de plainte.

Mélanie me dit :

— Es-tu folle, voilà plus d'un quart d'heure que tu sonnes !

Je répondis :

— Sœur Désirée-des-Anges est morte.

Véronique entra avec nous dans la chambre ; elle remarqua que le rideau blanc ne séparait pas les deux lits ; et avec un geste de mépris, elle trouva que c'était honteux pour une religieuse de laisser voir ses cheveux.

Mélanie passait son doigt sur chaque larme qui coulait sur ses joues. Sa tête se penchait davantage de côté ; et elle me dit tout bas :

— Elle est encore plus jolie qu'avant.

Le soleil s'étalait maintenant sur le lit, et recouvrait complètement la morte.

Toute la journée, je restai près d'elle.

Quelques religieuses vinrent la voir. L'une d'elles lui recouvrit le visage avec un linge ; mais, aussitôt qu'elle fut sortie, je retirai le linge.

Mélanie vint passer la veillée de nuit avec moi. Quand elle eut fermé la fenêtre, elle alluma la grosse lampe, afin, dit-elle, que sœur Désirée-des-Anges ne regardât pas encore dans le noir.

Huit jours après, Bel-Œil entra dans les cuisines. Elle venait m'avertir de me tenir prête à partir le jour même. Elle tenait dans le creux de sa main deux pièces d'or, qu'elle mit l'une à côté de l'autre sur le coin du fourneau, et en les touchant du bout du doigt elle dit :

— Notre mère supérieure vous donne quarante francs.

Je ne voulais pas partir sans dire adieu à Colette et à Ismérie, que j'avais souvent aperçues de l'autre côté de la pelouse.

Mais Mélanie m'assura qu'elles n'avaient que du mépris pour moi.

Colette ne comprenait pas que je ne sois pas encore mariée, et Ismérie ne me pardonnait pas d'aimer sœur Marie-Aimée.

Mélanie m'accompagna jusqu'à la porte.

En passant devant le vieux banc, je vis qu'un des pieds avait cédé, et qu'il était tombé dans l'herbe par un bout.

A la porte, je trouvai une femme aux yeux durs. Elle me dit avec autorité :

— Je suis ta sœur.

Je ne la reconnus pas.

Douze ans avaient passé depuis notre séparation.

A peine dehors, elle m'arrêta par le bras et, d'une voix aussi dure que ses yeux, elle me demanda combien j'avais d'argent.

Je lui montrai les deux pièces d'or que je venais de recevoir.

— En ce cas, dit-elle, tu feras mieux de rester dans la ville, où tu trouveras plus facilement à te placer.

Tout en continuant d'avancer, elle m'apprit qu'elle était mariée à un cultivateur des environs, et qu'elle ne voulait pas se créer des ennuis pour moi.

Nous étions arrivées devant la gare.

Elle m'entraîna sur le quai, pour l'aider à porter quelques paquets; elle me dit adieu, quand son train s'ébranla, et je restai là, à la regarder s'éloigner.

Presque aussitôt, un autre train s'arrêta. Les employés couraient sur le quai en criant :

— Les voyageurs pour Paris, traversez !

Dans l'instant même, je vis Paris avec ses hautes maisons toutes semblables à des palais, et dont les toits étaient si hauts qu'ils se perdaient dans les nuages.

Un jeune employé me heurta; il s'arrêta devant moi en disant :

— Est-ce que vous allez à Paris, mademoiselle ?

J'hésitai à peine pour répondre :

— Oui, mais je n'ai pas mon billet.

Il tendit la main.

— Donnez, dit-il, je vais aller vous le chercher.

Je lui remis une de mes deux pièces, et il partit en courant.

Je mis pêle-mêle dans ma poche le billet et les quelques sous de monnaie qu'il me rapportait, et, conduite par lui, je traversai la voie, montai vivement dans le train.

Le jeune employé resta un moment devant la portière, puis il s'éloigna en se retournant. Il avait, comme Henri Deslois, des yeux pleins de douceur, et un air grave.

Le train siffla un premier coup, comme s'il me donnait un avertissement; et quand il m'emporta, son deuxième coup se prolongea comme un grand cri.

Dans la collection Les Cahiers Rouges

(dernières parutions)

Lou Andreas-Salomé	*Friedrich Nietzsche à travers ses oeuvres*
Jacques Audiberti	*Les enfants naturels*
Jacques Audiberti	*L'Opéra du monde*
François Augiéras	*L'apprenti sorcier*
François Augiéras	*Domme ou l'essai d'occupation*
François Augiéras	*Un voyage au mont Athos*
François Augiéras	*Le voyage des morts*
Marcel Aymé	*Vogue la galère*
Jurek Becker	*Jakob le menteur*
Louis Begley	*Une éducation polonaise*
Julien Benda	*La tradition de l'existentialisme*
Emmanuel Berl	*La France irréelle*
Emmanuel Berl et Jean d'Ormesson	*Tant que vous penserez à moi*
Tristan Bernard	*Mots croisés*
Princesse Bibesco	*Le confesseur et les poètes*
Lucien Bodard	*La vallée des roses*
Alain Bosquet	*Une mère russe*
Jacques Brenner	*Les petites filles de Courbelles*
Charles Bukowski	*Factotum*
Charles Bukowski	*Women*
Anthony Burgess	*Pianistes*
Michel Butor	*Le génie du lieu*
Truman Capote	*Prières exaucées*
Hans Carossa	*Journal de guerre*
André Chamson	*Le crime des justes*
Jacques Chardonne	*Ce que je voulais vous dire aujourd'hui*
Jacques Chardonne	*Propos comme ça*
Bruce Chatwin	*Utz*
Bruce Chatwin	*Le vice-roi de Ouidah*
Jacques Chessex	*L'ogre*
Emile Clermont	*Amour promis*

Jean Cocteau	*Reines de la France*
Jean-Louis Curtis	*La Chine m'inquiète*
Léon Daudet	*Souvenirs littéraires*
Degas	*Lettres*
Joseph Delteil	*La Deltheillerie*
Joseph Delteil	*Jeanne d'Arc*
Joseph Delteil	*Jésus II*
Joseph Delteil	*La Fayette*
André Dhôtel	*L'île aux oiseaux de fer*
Maurice Donnay	*Autour du Chat Noir*
Robert Dreyfus	*Souvenirs sur Marcel Proust*
Alexandre Dumas	*Catherine Blum*
Alexandre Dumas	*Jacquot sans Oreilles*
Oriana Fallaci	*Un homme*
Dominique Fernandez	*Porporino ou les mystères de Naples*
Ramon Fernandez	*Molière ou l'essence du génie comique*
Ferreira de Castro	*La mission*
Ferreira de Castro	*Terre froide*
Max-Pol Fouchet	*La rencontre de Santa Cruz*
Georges Fourest	*Le géranium ovipare*
Georges Fourest	*La négresse blonde*
Jean Freustié	*Proche est la mer*
Gabriel García Márquez	*L'automne du patriarche*
Gabriel García Márquez	*Récit d'un naufragé*
David Garnett	*La femme changée en renard*
Maurice Genevoix	*Raboliot*
Jean Giono	*Colline*
Jean Giono	*Jean le Bleu*
Jean Giono	*Que ma joie demeure*
Jean Giono	*Le Serpent d'Étoiles*
Jean Giono	*Un de Baumugnes*
Jean Giono	*Les vraies richesses*
René Girard	*Mensonge romantique et vérité romanesque*
Jean Giraudoux	*Églantine*
Jean Giraudoux	*La menteuse*
Jean Giraudoux	*Supplément au voyage de Cook*
Yvette Guilbert	*La chanson de ma vie*
Louis Guilloux	*Hyménée*
Jean-Noël Gurgand	*Israéliennes*
Kléber Haedens	*Magnolia-Jules/L'Ecole des parents*
Daniel Halévy	*Pays parisiens*

Knut Hamsun	*Au pays des contes*
Pierre Herbart	*Histoires confidentielles*
Henry James	*Les journaux*
Pascal Jardin	*Guerre après guerre*
Marcel Jouhandeau	*Les Argonautes*
Ernst Jünger	*Rivarol et autres essais*
Franz Kafka	*Journal*
Jean de La Varende	*Le Centaure de Dieu*
Armand Lanoux	*Maupassant, le Bel-Ami*
Jacques Laurent	*Croire à Noël*
G. Lenotre	*Napoléon - Croquis de l'épopée*
G. Lenotre	*Versailles au temps des rois*
Norman Mailer	*Les armées de la nuit*
Antonine Maillet	*Les Cordes-de-Bois*
Antonine Maillet	*Pélagie-la-Charrette*
Luigi Malerba	*Le serpent cannibale*
Eduardo Mallea	*La barque de glace*
Clara Malraux	*Nos vingt ans*
Heinrich Mann	*Le sujet !*
Thomas Mann	*Les maîtres*
Claude Mauriac	*André Breton*
François Mauriac	*Les chemins de la mer*
François Mauriac	*Le mystère Frontenac*
François Mauriac	*La robe prétexte*
Jean Mauriac	*Mort du général de Gaulle*
André Maurois	*Le cercle de famille*
André Maurois	*Choses nues*
André Maurois	*Les silences du Colonel Bramble*
André Maurois	*Tourguéniev*
Frédéric Mistral	*Mirèio-Mireille*
Thyde Monnier	*La rue courte*
Paul Morand	*Rien que la terre*
Sten Nadolny	*La découverte de la lenteur*
Gérard de Nerval	*Poèmes d'Outre-Rhin*
Paul Nizan	*Antoine Bloyé*
Edouard Peisson	*Hans le marin*
Edouard Peisson	*Le pilote*
Édouard Peisson	*Le sel de la mer*
Sandro Penna	*Poésies*
Sandro Penna	*Un peu de fièvre*
Raoul Ponchon	*La muse au cabaret*
Henry Poulaille	*Pain de soldat*

Bernard Privat	*Au pied du mur*
Raymond Radiguet	*Le diable au corps, suivi du Bal du comte d'Orgel*
Charles-Ferdinand Ramuz	*Le garçon savoyard*
Charles-Ferdinand Ramuz	*Jean-Luc persécuté*
Charles-Ferdinand Ramuz	*Joie dans le ciel*
Paul Reboux et Charles Muller	*A la manière de...*
Christine de Rivoyre	*Boy*
Christiane Rochefort	*Archaos*
Christiane Rochefort	*Printemps au parking*
Auguste Rodin	*L'art*
Henry Roth	*L'or de la terre promise*
Jean-Marie Rouart	*Ils ont choisi la nuit*
Claire Sainte-Soline	*Le dimanche des Rameaux*
Peter Schneider	*Le sauteur de mur*
Victor Serge	*Les derniers temps*
Ignazio Silone	*Fontamara*
Ignazio Silone	*Le secret de Luc*
Osvaldo Soriano	*Jamais plus de peine ni d'oubli*
Osvaldo Soriano	*Je ne vous dis pas adieu...*
Osvaldo Soriano	*Quartiers d'hiver*
Roger Stéphane	*Portrait de l'aventurier*
Pierre Teilhard de Chardin	*Genèse d'une pensée*
Pierre Teilhard de Chardin	*Lettres de voyage*
Paul Theroux	*La Chine à petite vapeur*
Paul Theroux	*Voyage excentrique et ferroviaire autour du Royaume-Uni*
Roger Vailland	*Bon pied bon oeil*
Frédéric Vitoux	*Bébert, le chat de Louis-Ferdinand Céline*
Ambroise Vollard	*En écoutant Cézanne, Degas, Renoir*
Kurt Vonnegut	*Galápagos*
Kenneth White	*Terre de diamant*
Walt Whitman	*Feuilles d'herbe t.2*
Jean-Didier Wolfromm	*Diane Lanster*
Jean-Didier Wolfromm	*La leçon inaugurale*
Stefan Zweig	*Fouché*
Stefan Zweig	*Magellan*
Stefan Zweig	*Marie Stuart*
Stefan Zweig	*Marie-Antoinette*
Stefan Zweig	*Souvenirs et rencontres*
Stefan Zweig	*Un caprice de Bonaparte*

Cet ouvrage a été imprimé par

FIRMIN DIDOT

GROUPE CPI

Mesnil-sur-l'Estrée

pour le compte des Éditions Grasset
en février 2005

Imprimé en France
Dépôt légal : février 2005
N° d'édition : 13676 – N° d'impression : 72502
ISBN : 2-246-16914-3
ISSN : 0756-7170